VISIONS & CANTS

Educació 62 • 9

JOAN MARAGALL

Visions & Cants

Estudi preliminar, propostes de treball
i comentaris de text a cura
de Lluís Quintana i Enric Bou

educaula

Educaula

Col·lecció Educació 62

Carme Arenas va dirigir aquesta col·lecció
fins al número 103.

Primera edició: novembre del 2005
Vuitena impressió en aquest segell: setembre del 2020

www.educaula.cat
educacio@educaula.cat

Fotocomposició: Víctor Igual
Dipòsit Legal: B-39.421-2011
ISBN: 978-84-92672-51-6

TAULA

VISIONS & CANTS

VISIONS

INTERMEZZO

CANTS

PROPOSTES DE TREBALL I COMENTARIS DE TEXT

ESTUDI PRELIMINAR

L'art és el mitjà més segur
d'isolar-se del món, i de penetrar-hi.
GOETHE

UNA VIDA APASSIONADA

Joan Maragall i Gorina va néixer el dia 10 d'octubre de 1860 al número 4 del carrer de Jaume Giralt, en una casa de la Barcelona vella, en els baixos de la qual els seus pares tenien una petita indústria de teixits. La infància transcorregué sense penes ni treballs espectaculars: estudià el batxillerat, llegí i aprengué de tocar el piano. A catorze anys patí el primer trasbals important, quan el seu pare intentà d'incorporar-lo al negoci familiar. D'aquest fet arrenca el seu primer interès seriós per la poesia. Ell mateix ho explicava, ben dramàticament, en les *Notes autobiogràfiques*:

Format de mi mateix un concepte elevadíssim, vaig ser bruscament arrencat de davant dels llibres i col·locat davant de la tauleta de treball en la indústria a què venia destinat i posat, en cert modo, en la condició de poc més que un aprenent. El cop fou terrible i retrunyí en tot el meu ser, i d'aquell desballestament d'aspiracions contrariades s'alçà, portant l'estendard de la rebel·lió, ma passió per la poesia, al mateix temps que mos setze anys m'entregaven en cos i ànima a l'adoració, a la idolatria de quantes dones de bona presència passaven davant mos ulls i una espècie de misticisme per la Naturalesa s'anava filtrant dins meu. L'amor a la poesia es manifestà en una espècie de ràbia per a omplir de munió de versos, amb fecunditat verament asombrosa i en tots els ratos que podia robar al treball.[1]

A vint-i-cinc anys Maragall reconeixia haver estat feliç en dos temps: fins als quinze anys, i dels dinou als vint-i-quatre. El primer període correspon a la infància i el segon a l'època d'estudiant de dret a la Universitat de Barcelona. Aquí hi conegué Josep Soler i Miquel, Joaquim Freixas i Antoni Roura, entre d'altres amistats decisives cara al seu futur.

Si Maragall aconseguí de retardar l'ingrés en el món dels adults per obra i gràcia dels estudis universitaris, això ja no fou possible en acabar-los. En efecte, arribat aquest moment (entre els 25 i els 30 anys), per pressions socials, de classe, fins i tot pel propi convenciment, cessà de vacil·lar i inicià una activitat professional amb gairebé tots els ets i uts. I diem «gairebé» perquè aconseguí de triar una via ben particular. No un treball per guanyar-se la vida —l'aspecte crematístic de l'existència el tenia pràcticament solucionat d'ençà de la bona marxa del negoci familiar—, sinó una dedicació —completa!— a allò que més li havia agradat de bell antuvi: escriure. Així, en poc temps co-

1. Joan Maragall, «Notes autobiogràfiques», dins Gabriel Maragall. *Joan Maragall: esbós biogràfic*. Barcelona: Edicions 62, 1988, p. 27.

mençà una sèrie d'activitats, algunes de les quals esdevindrien decisives per entendre l'evolució posterior del personatge.

L'any 1886 es féu soci de l'Ateneu Barcelonès. Hi conegué Josep Yxart i Joan Sardà, els quals l'encoratjaren en els inicis de la seva activitat poètica. A través de les tertúlies de l'Ateneu s'incorporà al moviment modernista i col·laborà a *L'Avenç*. A més, participà activament en la vida de la institució: fou secretari de la Junta que presidí Àngel Guimerà, l'any 1895, i visqué en directe les lluites entre catalanistes i anticatalanistes; i en fou president l'any 1903. El seu discurs presidencial fou l'*Elogi de la paraula*. L'interès per la música es traduí en la participació a la tertúlia musical d'Enric Granados i en l'assistència continuada a les representacions operístiques del Liceu. Hi era present quan esclatà la «bomba del Liceu», el 7 de novembre de 1893, fet que recollí en un poema prou conegut, «Paternal».

Acabats els estudis treballà durant un temps com a advocat. Però ben aviat es decantà cap a una altra zona d'interessos que li era molt més atractiva: el periodisme. De primer, l'any 1890, treballà tan sols com a secretari personal del director del *Diario de Barcelona*, Joan Mañé i Flaquer, «l'oracle de la burgesia barcelonina».

I a partir de l'any següent compaginà aquesta tasca amb les col·laboracions periodístiques que l'havien de fer famós arreu de l'Estat, molt abans que no pas la poesia. S'interessà fonamentalment per temes de l'actualitat política contemporània, per la crítica literària i per la teatral. Hi col·laborà assíduament fins l'any 1903 en què, després de la mort de Mañé, es volgué allunyar de les lluites internes de la redacció. Encara hi tornà a escriure en dos moments: quan Miquel dels Sants Oliver en fou director (1905-1906) i durant uns mesos de l'any 1911, poc abans de morir.

Maragall gaudí d'un gran prestigi entre la burgesia barcelonina gràcies als seus articles al *Diari de Barcelona* (el *Brusi*). Alguns provocaren l'estupefacció entre els seus col·legues de *L'Avenç*. Que era un articulista preuat ens ho prova el fet que l'any 1903 Prat de la Riba intentà de fitxar-lo per a la *La Veu de Catalunya*, però Maragall s'hi resistí —tan sols hi col·laborà esporàdicament— i preferí de conservar la seva independència de *maitre à penser*. O bé ens ho demostren els articles, molt llegits i comentats, que escriví amb motiu de la Setmana Tràgica, alguns dels quals foren retallats o fins i tot eliminats per la direcció del diari.

Com a poeta, malgrat haver publicat diversos poemes a revistes («L'oda infinita», 1888; «La vaca cega», 1891; etc.) i haver participat en els Jocs Florals de Barcelona («La sardana» guanyà l'Englantina d'Or l'any 1894), no fou conegut fins molt més tard. El volum *Poesies* (1895) passà gairebé desapercebut. El reconeixement públic es produí a partir de la publicació de *Visions & Cants* (1900), i més considerablement després de la publicació d'*Enllà* (1906). Així mateix tingué una activitat notable com a traductor d'escriptors alemanys: Goethe, Novalis, Wagner i Nietzsche. A partir del seu interès per la música, i per difondre-la, traduí cançons que havien musicat Beethoven, Brahms i Schubert.

En l'òrbita estrictament privada, Maragall fou un personatge amb una vida plàcida, burgesa. L'any 1891 es casà amb Clara Noble, «the Fairy», segons ell l'anomenava, amb qui tingué 13 fills. De fet, visqué amb prou deseiximent per realitzar llargues estades fora de Barcelona, per raons de salut o estrictament d'esbarjo familiar. Aconseguí de realitzar la seva «passió», el seu somni juvenil: viure per a la poesia. Morí el 20 de desembre de 1911.

MARAGALL, POETA MODERNISTA

L'ideal renovador que donava suport al moviment modernista havia de provocar tensions inevitables en els seus protagonistes, molts d'ells burgesos ben instal·lats. Maragall patí també la crisi entre els ideals de canvi i la vida burgesa d'home casat i col·laborador en un òrgan del conservadorisme. Però tot plegat ho sublimà per mitjà d'una passió, la poesia, el *leitmotiv* fonamental de la seva existència. La rebel·lió, doncs, s'interioritzà, i de portes enfora visqué com un bon burgès del seu temps. O gairebé. Tanmateix, Maragall fou un esperit inquiet, en bona part, a causa de les seves obligacions periodístiques, que responien, és clar, a un íntim convenciment i no a cap mena de pruïja crematística. Es féu ressò contínuament de les inquietuds del seu temps, és a dir, del canvi cultural operat a Catalunya en la dècada dels noranta del segle XIX, del qual fou protagonista i testimoni en primera línia de foc. I amb la seva obra en vers i en prosa contribuí a la difusió i a l'èxit de les noves idees.

Com a crític literari defensà els nous valors, sense coincidir sempre amb l'ortodòxia modernista, si es vol, però amb un interès i una constància considerables per seguir i impulsar escriptors nous, nacionals o forasters. I el seu atansament —la seva col·laboració, per dir-ho obertament— a importants iniciatives modernistes en són la millor prova. Participà —i la ressenyà amb entusiasme— en la Segona Festa Modernista que Santiago Rusiñol organitzà a Sitges amb la col·laboració del grup de la revista *L'Avenç*. I col·laborà activament en diverses publicacions prou significades: *L'Avenç*, *Catalònia*, *Pèl & Ploma* i *Joventut*. Al mateix temps practicà un distanciament crític envers les noves promocions —els noucentistes— i la proposta cultural que havia de substituir la modernista.

Malgrat l'allunyament del modernisme més *enragé* —s'enfronta ben aviat amb el decadentisme malaltís de Rusiñol— i les crítiques que li dedicaren intel·lectuals il·lustres, com Alexandre Cortada, Maragall és un dels representants més genuïns del moviment modernista. Per exemple, coincideix en la defensa d'un model d'artista considerat com un inconformista social, un rebel, que té un correlat molt evident en l'autodefinició del comte Arnau a la primera part del poema, la publicada a *Visions & Cants*: un individualista egocèntric i amoral.

Les primeres poesies conegudes són de l'any 1878. Després participà en diversos certàmens literaris, i l'any 1891 uns amics (Josep Soler i Miquel, Joan Sardà, Josep Yxart i Narcís Oller, entre d'altres) editaren un llibret que aplegava poesies originals de Maragall i traduccions, i l'hi oferiren com a present de noces. De fet, el seu primer llibre és el titulat *Poesies*, editat per *L'Avenç* l'any 1895, que és un bon resum de la primera etapa de la seva obra. Aquí, a més de poemes de tema autobiogràfic («Les minves del gener», posem per cas), n'hi ha d'altres que defineixen la seva atracció per la natura i el paisatge: «Pirinenques», «La vaca cega», «Goigs a la Verge de Núria». El llibre era encapçalat i clos per dos poemes de to ben programàtic: «L'oda infinita» i «Excelsior». Maragall ja hi presenta la poesia com una eina de coneixement metafísic: «Un ressò de les cadences / de l'aucell d'ales immenses / que nia en l'eternitat».

L'any 1900 publicà *Visions & Cants*, un dels seus llibres més clarament modernistes. En els anys següents publicà tres llibres més: *Les disperses* (1904), on recull poemes originals i traduccions de Goethe, «Enllà» (1906) i «Seqüències» (1911). En els darrers llibres reprèn temes vells, com el comte Arnau o la contemplació de la natura, o bé en planteja de nous: «Vistes al mar», «Haidé», alguns dels quals són represos cíclicament. La darrera obra fou la tragèdia *Nausica*, que escriví tot utilitzant un projecte de Goethe per redactar una tragèdia sobre el cèlebre episodi de l'*Odissea*. Tot plegat constitueix una obra de dimensions limitades que sorprèn el lector per la gran densitat i la força moral d'alguns dels temes.

«VISIONS & CANTS»: VITALISME I REGENERACIONISME

Quan Maragall publica el seu segon llibre de poemes no és encara, ni de bon tros, el poeta segur i reconegut públicament dels darrers anys de la seva vida. Encara no era tampoc el teoritzador de l'acte poètic que ens apareix als *Elogis*. Però, possiblement, aquest llibre marca l'inici d'una real projecció pública i cívica com a poeta. Aquí s'hi dibuixa un temperament fort; i no tan sols pel títol, *Visions & Cants*, sinó també per la disposició interna del volum, que amaga una intenció organitzadora i alhora «intervencionista» en els afers públics del país. Ell mateix ho havia afirmat en un article, coetani d'aquests poemes, en què opinava sobre el paper dels poetes en la societat: «*Eres un hombre entre los hombres; mas Dios te ha dado el poder de mover y guiar a muchos y el deber de orientarte en la vida por encima de ellos; encamina, pues, tu voluntad y todas tus facultades de modo que, al abandonarte al divino furor del canto, éste resulte siempre un* excelsior *para ti y para los que te escuchen*».[2] No és del tot forassenyat de rela-

2. Joan Maragall, *Alma contemporánea* (7-VII-1899), dins *Obres Completes*, II, Editorial Selecta, Barcelona 1961, p. 584.

cionar aquest to de seguretat amb l'assentament de la seva posició com a nou «oracle» de la burgesia barcelonina (en substitució de Mañé i Flaquer), a través de la tasca periodística que havia iniciat set anys abans.

Però endinsem-nos en la lectura del text. I fixemnos, de primer, en allò que potser ens deixa més astorats: el títol, *Visions & Cants*. «Visions», de què? «Cants», per a qui? Deixo de banda, per massa obvi, l'agosarament provocatiu que implica la utilització del signe «&». Maragall mateix, en diversos textos, explica el sentit del títol, si més no, dels dos mots que el componen.

Les «Visions»

En una carta al músic Felip Pedrell, que ha estat citada profusament, explica quin sentit tenia per a ell el mot en relació amb el llibre. Aquests cinc poemes corresponien a «*figuras de personajes legendarios tales cuales pueda verlas un poeta de hoy*». Hi ha, doncs, una clara intenció actualitzadora, de revisar amb nous ulls temes ben coneguts del públic lector. I afegia: «*Me hice la ilusión de que dentro de estas "visiones", de su conjunto, se podría encontrar algo de "las madres" del alma catalana y de su evolución*».[3] En efecte, Maragall utilitza el mot *visió* en el sentit d'«intel·lecció», contraposada a la simple visió sensible gairebé en el sentit de «revelació», un mot tan important en la cons-

3. Carta de Joan Maragall a Felip Pedrell, 9-1-1900, *Obres completes*, II, *op. cit.*, p. 922.

titució de la seva teoria poètica. Vol, doncs, efectuar una depuració de temes del cançoner tradicional, que els homes de la Renaixença havien recuperat unes dècades abans. I aquestes «visions» s'articulen a partir d'una compressió extraordinària de la versió —diguem-ne— primitiva, com ja va indicar Terry. L'esforç de compressió és tant, que és impossible d'entendre el poema de Maragall si no en coneixem la font original. Presentem, doncs, abans de seguir, l'argument de cada poema.

La llegenda del mal caçador és d'origen germànic i molt difosa a Europa, especialment per tots els Pirineus. Se suposa que donava explicació a certs fenòmens meteorològics nocturns, causats per la boira i el vent, que s'associaven amb una cavalcada d'un cavaller que persegueix les feres amb els gossos. La versió cristianitzada no és la més antiga, però és la més coneguda, i fa així: un noble assisteix a missa; mentre el sacerdot aixeca l'hòstia, els gossos senten passar una llebre; es posen a perseguir-la i el noble, abandonant la missa, els segueix. Com a càstig diví, és arrabassat, ell i els gossos, per un vendaval i obligat a vagar eternament, caçant una peça impossible.

La llegenda de Joan Garí, popularitzada per Jacint Verdaguer, explica la història d'un eremita de Montserrat que és temptat per Riquilda, filla de Jofre el Pilós i posseïda pel dimoni. Garí la viola i la mata; com a condemna, el papa l'obliga a caminar de quatre potes i a convertir-se en semibèstia. Capturat pels soldats de Jofre, és dut en presència seva;

aleshores el fill petit de Jofre, acabat de néixer, es posa a parlar i en demana el perdó. El poema de Maragall és un seguit de comentaris marginals a la història, que el lector ha de conèixer si vol entendre'l, perquè l'autor parla del «pecat», però no diu quin pecat és; o bé esmenta «una veu d'innocència», però no d'on prové la veu.

Com la resta de «visions», el poema del comte Arnau parteix d'un personatge de la mitologia popular catalana, on el poeta busca trets que puguin ser característics de tots els catalans, que permetin entendre l'«ànima» de la nació que s'està construint. El personatge del comte Arnau és una fusió de diversos motius provinents del folklore europeu: el del cavaller aparegut que purga els seus pecats vagant eternament, el del mal caçador (que ja hem vist desenvolupat en una altra «visió»), o el dels monestirs condemnats pels escàndols. A Catalunya, aquest personatge apareix en una cançó del segle XVIII, i el tracten diversos poetes romàntics, que en desenvolupen la llegenda: el comte Arnau visita les monges de Sant Joan caminant a través de conductes subterranis; quan mor, és condemnat a vagar eternament per les muntanyes, i s'apareix sovint a la seva dona, desitjant veure les seves filles. A partir de la versió que en fan els poetes romàntics, Maragall recrea el seu personatge però, com en les altres «visions», Maragall no explica la història, sinó que la comenta.

«L'estimada de Don Jaume» és un poema narratiu (una balada) basat en un dels episodis més celebrats pel nacionalisme romàntic català: la conquesta de Mallorca (setembre-desembre de 1229). La narració que en fa la crònica de Jaume I (§55 i següents) n'és un dels primers testimonis. Maragall la coneix i hi al·ludeix, per exemple quan Jaume I pregunta als seus què és Mallorca, o en el detall del mar blanc per la quantitat de veles. Potser és, de totes les «visions», la que exigeix menys coneixements previs al lector.

Serrallonga també és un personatge històric: un bandoler del segle XVII adscrit al bàndol dels nyerros. Al segle XIX, Víctor Balaguer va novel·lar la seva història a partir de les actes del judici en què Serrallonga va ser condemnat a mort per bandolerisme. Els fets dels bandolers són prou coneguts i el lector en té prou amb identificar el personatge. De tota manera, l'originalitat del poema es basa en la forta personalitat del bandoler, que només està interessat a especificar quins pecats ha comès, de quins se l'acusa falsament i, sobretot, fins a quin punt està disposat a penedir-se.

Què tenen en comú tots aquests personatges? Segons J. L. Marfany, Maragall dóna forma a «algunes de les idees fonamentals del catalanisme»: resistència a la dominació, pragmatisme i contacte amb la terra. Alhora, presenta la imatge modernista de l'intel·lectual com a heroi, «infatigable explorador d'idees noves».[4] Des d'una altra òptica podem de-

4. Joan-Lluís Marfany. «Introducció», dins Joan Maragall. *Visions & Cants*, Barcelona, Ed. Laia, 1984, p. 11-12.

tectar un altre element comú a tots els poemes que, creiem, permet una lectura més unitària: el tema de l'amor, en un sentit ampli. Perquè Maragall, posat a cercar exemples d'herois individualistes i vitalistes (materialistes, al capdavall) de la mitologia nacional, potser hauria trobat altres casos, i molt més clars i espectaculars que no pas aquests. No cal dir que una de les cinc figures —el Comte Arnau— li interessa molt més que les altres, com ho demostra la llargària del poema i les successives reincidències obsessives al llarg de la seva vida. Però en un primer moment, tots cinc personatges són al mateix nivell. Que els cinc herois fossin homes d'acció es pot relacionar amb aquell interès distant de Maragall per aquest tipus d'home —a les antípodes del seu personatge real— que fou qualificat per Eduard Valentí com a «simple evasió imaginativa».[5] Malgrat que altres poemes del llibre, com veurem, tenen clars ingredients vitalistes, és important de recordar ara l'ambició de perfeccionament de Maragall, com a reflex llunyà de l'interès per l'acció, i que és ben palès a dos poemes del primer llibre: «L'oda infinita» i «Excelsior».

A diversos textos privats de l'any 1911, Maragall, tot explicant el sentit últim d'«El Comte Arnau», diu unes paraules que sovint han estat citades per explicar el «Cant espiritual», i que ens

5. Eduard Valentí, «La gènesi del "Cant espiritual" de Maragall», dins *Els clàssics i la literatura catalana moderna*, Curial, Barcelona 1973, pp. 225-226.

ajuden també a entendre el sentit global de les «visions»:

Potser el sentit inicial, que jo porto a dintre de tota la vida, és lligar aquest món que ara sentim al que sentirem ultratomba: i el d'ultratomba an aquest, entengui-ho bé. Vull dir que jo no encaro tota aquesta vida cap a l'altra, com els místics ascetes. Sinó que sento aquesta i l'altra com una sola cosa; que l'altra ja la vivim en molts moments d'aquesta; que molt d'aquesta serà viscuda en l'altra; que en aquesta ens hem de fer amb esforç l'altra; que en l'altra haurem d'adobar o completar molt d'aquesta, vivint-la encara en cert modo.

El pecador, a cavall d'una i altra vida, és una constant d'aquests poemes. I el pecat fonamental que Maragall atribueix al comte Arnau és el mateix dels altres protagonistes, excepció feta del rei Jaume, que precisament per l'excepcionalitat s'erigeix en caracterització positiva d'allò que en els altres és pecat i defecte. Com diu Maragall en el text ara esmentat:

En aquests graus de lo que hàgim fet ja al morir, i de lo que hàgim deixat de fer, hi trobo jo el meu sentit de lo que la religió en diu el cel, el purgatori i l'infern. I aquest em sembla el sentit inicial de «El Comte Arnau». El comte ha mancat o ha profanat aquí la llei d'amor, que és l'essència de la vida, que és Déu.[6]

6. Carta de Joan Maragall a Carles Rahola, 6-VII-1911, *Obres completes*, I, *op. cit.*, p. 1.084.

Potser és la darrera vegada en la seva vida que Maragall parla de la importància de la «llei d'amor» en la vida, en la *seva* concepció de la vida. No m'entretindré a ressenyar-ho, però des de les *Notes autobiogràfiques* fins als *Elogis*, passant per multitud d'articles i cartes, n'hi ha testimonis.

Tornant a les «visions», cal dir que quatre dels cinc protagonistes són homes que han «profanat» de manera diversa la «llei d'amor». I lluiten per la redempció, per deslliurar la seva ànima d'un error amorós. El mal caçador ha pecat contra l'amor diví, ha menyspreat Déu en un moment molt delicat d'una cerimònia religiosa: la consagració, i ha de córrer eternament; Joan Garí ha caigut en el parany diabòlic i ha seduït Riquilda, i com el comte Arnau, a la tercera part del poema, és redimit per una «veu d'innocència»; el comte Arnau sedueix una abadessa i no se salva, i a través d'un diàleg amb les «veus» de la terra s'autoafirma, en termes nietzscheans, com a vitalista i com a rebel individualista, segons ha observat J. L. Marfany. L'últim protagonista, Joan Serrallonga, ha viscut «un amor desordenat i il·lícit», tot i que sembla penedir-se'n a la confessió darrera. El final d'aquest poema té un sentit evident de redempció en termes cristians, malgrat la sospitosa exigència final de Serrallonga de no ser executat fins que no hagi manifestat que creu «en la resurrecció de la carn»:

Moriré resant el Credo;
mes digueu an el botxí

que no em mati fins i a tant
que m'hagi sentit a dir:
«Crec en la resurrecció de la carn».

En el fons tots quatre personatges albiren una possibilitat de redempció. I el cinquè, el rei Jaume, és gairebé el model del perfecte enamorat —d'una terra— en relació harmoniosa. Potser, doncs, cal entendre la intenció global d'aquests poemes com un repte de Maragall adreçat als seus contemporanis, a propòsit d'un defecte social —de la societat catalana del seu temps— que anguniejava ostensiblement el poeta, i que ja havia expressat en altres ocasions: la manca d'amor. Un amor que cal entendre en un sentit ampli, no tan sols en el sentit sexual, i que no pot dissociar del dolor:

Aquest [el dolor] és l'estigma del caos en l'esforç creador, i amb l'amor constitueix el ressort de la vida. L'esforç ve de l'amor, i el dolor ve de l'esforç: l'amor s'esforça i se'n dol. Així pel dolor l'amor sap el seu fi i es purifica, i per l'amor el dolor té sa eficàcia.[7]

Enteses així les «visions» s'articularien com a versions molt sintètiques de temes del cançoner tradicional —de figures de la mitologia nacional— que, si d'una banda es caracteritzen per un individualisme i un materialisme —i l'enveja com volia Pérez-Jorba, un dels primers comentaristes del volum—,

7. Joan Maragall, *Elogi de la poesia*, *op. cit.*, p. 45.

de l'altra són personatges que, a cavall dels dos mons acceptats per Maragall, han pecat contra l'amor, i assagen de redimir-se.

Els «Cants»

El mot *cant* fou també definit per Maragall en textos coetanis a la redacció del llibre:

Un canto no es ni más ni menos que un canto, es decir, una expresión vaga por lo amplia, general, poética, de un estado de ánimo, o de las raíces, de las generadoras de un estado de ánimo, que nadie puede analizar, y el mismo que lo experimenta menos que otro alguno.

Insisteix, doncs, en el caràcter misteriós i revelador de la poesia, però tot seguit precisa l'abast de l'estat d'ànim:

Un canto nacional, un himno patriótico, no es una definición de aspiraciones, no es un programa político ni un memorial de agravios; es el alma de un pueblo que cantando una canción vieja, aunque sea un Noi de la Mare, *sueña a la vez con su pasado, con su presente y con su porvenir, porque expansiona algo inmanente con su espíritu al través de los siglos.*[8]

Malgrat el rebuig del poeta a la idea d'associar «cants» i programes, en aquesta secció del llibre s'hi endevina un programa i un memorial de greuges.

8. Joan Maragall, «Los segadors», 27-IX-1899, *Obres completes*, II, *op. cit.* p. 587.

Es destaca en alguns d'aquests poemes un ímpetu vitalista d'allò més sorprenent. O no tant, si ho relacionem amb l'actitud pública del Maragall periodista de la dècada dels noranta, i també, per què no, amb la influència de Nietzsche. Defensa, en perfecta sintonia amb altres escriptors modernistes, la joventut com a valor en un moment de canvi:

L'hora nostra és arribada:
tots ens hem desensonyat
amb el front il·luminat
per la llum d'una altra albada.

(«Cant dels joves»)

O bé presenta els joves com a lluitadors, en relació amb l'estació de l'any:

i sadollem el pit d'aire del cel
per cantar l'alegria de la terra,
tant si en surt un místic bel
com si en surt un crit de guerra.

Tornem'ns soldats lluents i ben armats,
o tornem'ns serafins d'ales de plata...
Correm alegrement a tots costats,
correm que el maig esclata.

(«Cant de maig, cant d'alegria»)

Fins i tot el contrast que estableix a «Cant de novembre», entre l'estació i la decadència a què s'associa normalment, marca encara més aquesta proposta vitalista, i conté un rebuig del decadentisme, que havia interessat a Maragall en els primers anys de la seva activitat poètica (vegeu, per exemple, *Estrofes decadentistes*), i que ara, a finals de segle, havia estat bandejat d'algunes publicacions modernistes.

Alcem els cors cantant la vida entera
amb els brots i amb les fulles que se'n van;
gosem el dia sens mirar endarrera,
sense pensar amb els dies que vindran.

Al costat d'aquests cants, de programa vitalista, n'hi ha d'altres que afecten més directament el sentiment nacionalista de Maragall. Poetitza, amb tècniques manllevades a la poesia popular, sobre temes d'intensa actualitat, temes candents, molts dels quals ja han tingut un tractament en prosa en les seves col·laboracions al *Brusi*. «Els tres cants de la guerra» contenen bona part de la intervenció maragalliana en la qüestió «regeneracionista», segons la terminologia de Marfany,[9] i ens presenten els dubtes del personatge en aquest tema: la intervenció decidida en els afers polítics espanyols o el trencament de lligams. Un dubte que, de fet, fou compartit per altres intel·lectuals del seu temps, i que condicionà el catalanisme polític durant el primer terç del segle xx. Els cants de guerra, provocats per la darrera guerra colonial, són una vi-

9. Joan Lluís Marfany, «Maragall, poeta regeneracionista», dins *Aspectes del modernisme*, Curial, Barcelona, 1975, pp. 99-102.

sió poètica del «problema d'Espanya», no en termes *noventayochistas*, com ha precisat Marfany, sinó des d'una posició estrictament catalana. Més i tot, catalanista. I Maragall dubta. On és més explícit aquest dubte és en les dues darreres estrofes de l'«Oda a Espanya». L'esperança de salvació que amaga la imatge de l'arc de Sant Martí de la penúltima estrofa:

Salva't, oh! salva't—de tant de mal;
que el plor et torni feconda, alegre i viva;
pensa en la vida que tens entorn:
aixeca el front,
somriu als set colors que hi ha en els núvols.

contrasta obertament amb la negació, el rebuig final de la darrera:

On ets, Espanya?—No et veig enlloc.
No sents la meva veu atronadora?
No entens aquesta llengua—que et parla entre perills?
Has desaprès d'entendre an els teus fills?
Adéu Espanya!

Si aquí Maragall dubta, en plena crisi finisecular, l'opció intervencionista es dibuixarà com la més clara en textos posteriors, com ara l'«Himne ibèric». Però, ara, la dada important és que dubta, com bona part dels seus companys generacionals.[10]

Els altres dos «cants», «La sardana» i «El cant

10. *Ibidem*, pp. 99-110.

de la senyera», tenen un caràcter molt més constituent, i assagen d'expressar uns estats d'ànim. Aquí és on Maragall pren partit molt més conscientment per un determinat concepte de Catalunya, i exala el sentiment patriòtic dels seus contemporanis. Fins i tot crea «tradició». Perquè, tant l'un com l'altre, han esdevingut llocs comuns del nostre substrat folkloriconacionalista. Tots dos, de fet, són treballs realitzats a partir de dos elements que caracteritzen externament qualsevol comunitat amb un mínim de vida en comú: la dansa que els és característica, i el símbol material —la bandera— que representa un lligam amb el passat. Val a dir, però, que «El cant de la senyera», com és sabut, té un origen ben particular. Inicialment fou l'himne de l'Orfeó Català, i no fou fins molt més tard que no adoptà el caràcter d'himne nacional alternatiu. Però alguns versos de la tercera estrofa permeten una lectura ambigua, i no va costar gaire atribuir-los intencions ocultes:

Oh bandera catalana!,
nostre cor t'és ben fidel:
volaràs com au galana
pel damunt del nostre anhel:
per mirar-te sobirana
alçarem els ulls al cel.

Maragall, doncs, poetitza sobre temes constituents de la catalanitat. Una catalanitat entesa com a proposta vitalista («guerrers», «ardits»), oposada com en altres poemes del llibre al decadentisme; al costat d'això, la llei d'amor («agermanant») que ja havia aparegut a «visions»:

Sacerdots els diríeu d'un culte
que en mística dansa se'n vénen i van
*emportats per el símbol ocult*e
de l'ampla rodona que els va agermanant.

Aquesta teorització doble de la catalanitat, en termes regeneracionistes i vitalistes, cal llegir-la com a proposta ideal. En el fons, és el contrapunt als problemes exposats a les «visions», la lluita per una manera de ser allunyada de les tensions de la quotidianitat. Una i altra part, així, es complementen i esdevenen l'alfa i l'omega d'una mateixa proposta: aquella llei d'amor que, no cal dir-ho, rebutja qualsevol càrrega eròtica (ni «lasciva», ni «innoble», ni «parells»).

L'«Intermezzo»

El títol «Intermezzo» prové probablement d'un dels best sellers de la poesia romàntica: el *Buch der Lieder* (*Llibre de cançons*) (1827) de l'alemany Heinrich Heine, que en vida de l'autor va tenir fins a dotze edicions; concretament, és el títol de la segona part. Originàriament, «Lyrisches Intermezzo» («Mitja part lírica») havia aparegut com a acompanyament a un llibre de tragèdies que havia publicat Heine uns anys abans. Aquesta idea d'«acompanyament» també és en el llibre de Maragall.

Sovint, aquesta segona part de *Visions & Cants* ha

estat considerada com una mena de calaix de sastre, on Maragall «col·loca» diverses composicions escrites després del seu primer llibre, del 1895. Sembla confirmar aquest fet l'ordenació cronològica, segons la data de composició. Però per sobre d'aquesta, s'insinua una altra ordenació, que segueix el curs de l'any.

De fet, en aquesta part és on hi ha els poemes que responen més exactament —és un dir— a la seva manera d'entendre la poesia. Són clarament fruits d'estats de contemplació, en els quals el poeta allibera una bona dosi d'emocionalitat interior. Fets diversos de la pròpia vida li provoquen fortes reaccions interiors que es tradueixen, per una mena d'impuls incontrolable, en poesia. Com deia ell mateix a *Alma contemporánea*: «*El poeta ha de saturarse del ambiente que le rodea, adquiriendo las ideas de toda clase que en el mismo flotan; pero siendo poeta verdadero, sólo expresará de ellas lo que espontáneamente se le haya convertido en substancia de emoción poética*».[11] Això, que és molt clar aplicat a les altres parts del llibre, aquí té un sentit si ho apliquem a l'esfera de la vida privada, dels moments d'emoció, de contemplació, que hi viu.

Molts dels poemes són escrits a propòsit de festivitats religioses que l'han impressionat de manera important: «Els reis», «Dimecres de Cendra», «Lo Diví en el Dijous Sant», «La nit de la Puríssima». O d'altres són escrits després d'un fet viscut: un concert particular («La cançó de Sant Ramon»), la mort d'un

11. Joan Maragall, *Alma contemporánea*, *art. cit.*, p. 583.

cunyat («En la mort d'un jove»), i fenòmens atmosfèrics que l'han impressionat vivament («A muntanya» i «Després de la tempestat)». Hi trobem també l'encís per la feminitat: en abstracte («La Dona hermosa») o conjugal («L'esposa parla»). Precisament aquest darrer poema sembla continuar la sèrie de *Les minves del gener*, del primer llibre. És possible de relacionar la imatge marítima —en un sentit molt més conservador— amb la dominant a «Excelsior».

Altres poemes són temàticament molt propers de les altres parts del llibre, la qual cosa subratlla el caràcter unitari del conjunt. «A la Mare de Déu de Montserrat» coincideix geogràficament amb el «Joan Garí»; la natura esdevinguda temple és molt a la vora del temple esquerdat de «El mal caçador». I Montserrat és, per a Maragall, un dels símbols —o el símbol— més clars de la catalanitat: «*Será un templo abierto al perpetuo renuevo de toda piedad, de toda fuerza. Y esto, pensadlo bien, es nuestro, es el símbolo a que se ha dado nuestra alma, es el milagro de Cataluña, Montserrat*».[12]

El vitalisme és reprès en algun d'aquests poemes: «En la mort d'un jove» o «Dimecres de Cendra», posem per cas. L'atmosfera del primer és fàcil de relacionar amb la del «Cant de novembre». Un jove esportista mort és transfigurat en guerrer, «Hèroe en flor», en contrast amb l'ambient exterior: «Pro a fora, al camp, era un ponent dolcíssim...», que és la imatge que utilitza per expressar el

12. Joan Maragall, *Montserrat*, 11-VII-1905, *Obres completes*, II, *op. cit.*, p, 687.

moment físic: la mort. I hi ha una intenció semblant en el rebuig de la cendra (que connota mort) del front d'una jove, «verge de la sang tendra»:

No et facis posar cendra—no et facis posar cendra,
patró de joventut,
que no té res a veure—la mort, la cendra, amb tu.

Hi ha també un deute formal molt clar en la utilització de models de vers de la poesia popular, com a molts poemes de «visions» i «cants». O temes predilectes d'aquesta poesia: «L'aufàbrega».

Alguns dels poemes, d'altra banda, semblen fer una clara al·lusió a un dels temes bàsics de la poesia —o de la vida— de Maragall: la relació entre aquest món i l'altre. «Lo Diví en el Dijous Sant» conté, sense desenvolupar, la idea fonamental del «Cant espiritual» i allò que ell reconeixerà com a decisiu del tema del Comte Arnau: la unitat entre la vida present i la de després de la mort:

Avui he sentit—que dura la vida
més enllà del cos—i dels seus sentits:
he vist un vellet—amb cara entendrida
i alegres infants—de sobte entristits.

CONCLUSIÓ

Visions & Cants és ja un llibre de plenitud. Respon a un moment especial de puresa —«modernista?»—

en què el poeta, Maragall, ha aconseguit un art, disposa d'unes tribunes públiques —és escoltat— i és a punt de teoritzar el seu art. Té coses a dir i sap com dir-les. Si d'una banda les «Visions» ho són d'un poeta que es considera com una mena de mèdium, i arrosseguen una càrrega emocional important, de l'altra està seleccionant uns temes, una mitologia, que serà ampliada per altres escriptors: Josep Carner, Josep M. de Sagarra i Agustí Bartra. I els «Cants» suposen un assaig de practicar allò que després reivindicarà teòricament: la poesia popular com a suprema escola d'escriure a la manera dels autors anònims. És, doncs, una bona mostra del Maragall poeta que lluita entre la passió i l'èxtasi.

NOTA SOBRE L'EDICIÓ

Visions & Cants, com tots els llibres anteriors a la codificació ortogràfica de Fabra, de 1913, es va publicar amb uns criteris ortogràfics que es consideren superats. Per tant, cal regularitzar l'ortografia i la puntuació. No és fàcil, però, perquè cal respectar els trets fonètics, morfològics, sintàctics i lèxics de l'original. Posem uns exemples del primer poema, «El mal caçador». Per començar, el nom del personatge. És una simple qualificació, la de «mal caçador», o ha esdevingut ja un nom propi? En el primer cas ha d'anar en minúscules; en el segon, en majúscules. Nosaltres seguim la primera opció (per exemple, al vers 35), però podria defensar-se la segona. Fixemnos ara en un vers com el 73: «L'hòstia per 'nar al zenit»: si corregim «'nar» per «anar», afegim una síl·laba al vers, cosa que segurament Maragall no volia. En altres poemes veureu escrit «per'xò» o «per'llà», per la mateixa raó; d'altra banda, aquestes formes s'acosten més a la llengua oral no formalitzada, que Maragall solia preferir, d'acord amb la seva teoria de l'espontaneïtat. També per això hem modificat l'original «orizó» per «horizó» (v. 42): hem afegit la hac, però hem mantingut la grafia *z*; aquí no hi ha un problema de síl·labes, però pensem que Maragall ho pronunciava com en castellà, sense africar. En canvi, podem canviar sense més problemes «El caçadó s daleix» (v. 10) de la primera edició per «El caçador es deleix», perquè tot i variar l'ortografia, no varia cap tret morfosintàctic ni lèxic ni fonètic. Un parlant de les varietats valencianes pronuncia la *r* final de «caçador» i aleshores sí que hi afegeix una síl·laba, però aquest no és un tret generalitzat de la majoria de parlants i per tant hi restituïm la *r*.

L'edició més completa fins ara dels llibres de poesia de Maragall és la de Glòria Casals, que nosaltres seguim. Posteriorment, Ignasi Moreta n'ha fet també una edició, que hem consultat. Trobareu aquests llibres a la bibliografia.

VISIONS & CANTS

VISIONS

EL MAL CAÇADOR

La missa matinal
la diuen allà dalt
així que es fa de dia.

La missa de l'estiu
el capellà la diu
amb les portes obertes.

S'oeix de tots costats
quan enflaira els serrats
el ginestar de Corpus.

El caçador es deleix.
De fora estant l'oeix
amb un genoll en terra.

Al bon punt d'alçar Déu,
li bota allí, al bell peu,
la llebre endiastrada.

S'esventa el gos lladrant,
la llebre fuig botant,
i el caçador al darrere.

«Corres i correràs,
mai més t'aturaràs».
Aquesta és la sentència.

«Doncs, corro i correré,
mai més m'aturaré.
Alegre és la sentència».

S'allunyen amb el vent,
perdent-se en un moment
els crits, la fressa, el rastre...

Passen dies i nits...
Pels marges reflorits
ha tornat Corpus Christi.

La missa matinal
la diuen allà dalt:
les portes són obertes.

En un vent de visió
passa el mal caçador
entre lladrucs i fressa.

Se gira i veu l'altar,
i al peu el capellà,
i en alt veu l'hòstia càndida.

Passa i es perd al lluny...
La boirina de juny
cenyeix l'horizó immòbil.

Roden les estacions,
revénen els plançons:
cada any, cada any ve Corpus.

Cada any torna a passar;
cada any torna a mirar,
cada any, la missa augusta.

Cada any els capellans
tenen més cabells blancs
i aixequen més els braços.

Cada any l'hòstia es va alçant,
el temple es va aixafant
i l'hòstia puja, puja...

Passen més anys i més,
el capellà no hi és:
l'hòstia va sola en l'aire.

Amunt, amunt, amunt...
La volta perd el junt,
la llum del cel s'hi filtra.

L'hòstia s'hi va acostant,
el temple es va esquerdant...
El caçador no para.

Ve un any..., la volta cau
i s'obre el gran cel blau
damunt de l'hòstia blanca,

que s'alça lentament...
Al ser a l'estiu vinent
floreix el temple en runes.

Se'n va pujant al cel...
El caçador, amb anhel,
cada any, cada any la mira.

L'hòstia per 'nar al zenit,
té l'espai infinit.
I ell, per caçar, encisat,
té el temps, l'eternitat.

JOAN GARÍ

I

A la muntanya miracle,
una llegenda ha florit:
la llegenda del diable
i de Fra Joan Garí.
Fra Joan fa penitència
enfilat a dalt d'un cim.
Li duien una donzella
que tenia els mals esprits.

Montserrat, muntanya santa,
la muntanya de cent cims.

II

Fra Joan dintre la cova
estava fent oració:
Riquilda se li presenta
vestida de temptació.
Fra Joan clou les parpelles,
mes la veu contraclaror.

Montserrat és ple de boira:
Riquilda és un raig de sol.

III

Després del pecat tan gran
ell resta bocaterrosa.
Riquilda és timbes avall,
Montserrat és net de boira.
Fra Garí veu els abims
i les cames li tremolen.
Si prova de redreçà's
cau de mans una altra volta.
Joan Garí ja no és un sant,
Joan Garí ja no és un home,
que és una fera dels camps
que per Montserrat pastora.

IV

Al cap d'anys de terrejar
sent una veu d'innocència:
«Aixeca't, Joan Garí,
la teva sort és complerta:
ja pots alçar els ulls al cel,
que ja els tens prou plens de terra».

Joan Garí s'alça de mans
com un ós quan se redreça.

EL COMTE ARNAU

I

Els timbals de l'orgia ofenen l'aire
de l'hora matinal, que encara guarda
les quietuds de l'aire de la nit.

I surt dalt de cavall el comte Arnau,
que porta la capa blanca
i va a veure a l'abadessa
del convent de Sant Joan.

Els pastors, per les muntanyes,
tots de lluny guaiten com passa;
els pagesos tots tremolen...
«És el comte Arnau!»

II

Adalaisa, l'abadessa,
l'espera mig desmaiada.
Ell travessa la capella
amb la barba escabellada
de l'orgia de la nit.

Passa, i la deixa tota profanada...
I entra rialler en la cambra d'Adalaisa.

Adalaisa mig riu i està contenta;
té la cara carnosa i molt afable,
i un xic de sotabarba arrodonida,
i un clot a cada galta.

III

—Treu-te la capa —li demana ella.—
Treu-te la capa, que et veuré més gran.
—Treu-te tu el manto, que et veuré més bella.
—No, que só l'abadessa de Sant Joan.—

Canta una alosa de la part de fora,
per la finestra entra el sol brillant,
el cel és blau i resplendenta l'hora:
el comte i l'abadessa es van mirant.

—Treu-te tu el manto, que et veuré més bella:
sense toca et voldria i sense vel.
—De genolls jo et voldria en la capella:
tan gloriós, faries goig al cel.

—Pro a mi el cel no em fa goig més que si el miro
des de la terra sobre meu obert:
me plau trobar-lo, quan els ulls hi giro,
buit i silenciós com un desert.

El cel és el repòs de la mirada,
i és el repòs del braç i el pensament;

per'xò, ajagut a terra, el cel m'agrada
i m'adormo mirant-lo fixament.

—Altre cel és per mi la tenebrosa
capella on un altar brilla tot sol:
el cos humiliat sobre una llosa,
l'ànima deslliurada aixeca el vol.

I de la terra i d'aquest món s'oblida,
sospirant per la mort que ha de venir.
—En tos llavis gruixuts, de mort al dir,
com hi oneja suaument la vida!

—Mes són fang. Quan per sempre s'hauran clos,
vindran els cucs i se'n faran pastura.
Vull amagrir els meus llavis i el meu cos
per fer-me tornar l'ànima més pura.—

Canta una alosa de la part de fora,
per la finestra entra el sol brillant,
el cel és blau i resplendenta l'hora:
el comte i l'abadessa es van mirant.

—Adalaisa, tu que ets tan vividora
i que els ulls els tens plens de voluntat,
i aquesta àvida boca prenedora,
i en els teus aires tanta majestat,

¿com és que ara malparles de la vida,
per la que estàs tan fortament armada?

No t'escau la mirada esmortuïda
sota l'arc de la cella ben poblada.

Escaurà bé a tes pàl·lides germanes,
tristos cossos per sempre immaternals:
per elles són les fantasies vanes
de vagues resplendors celestials.

Però tu, performada criatura,
delícia de la terra, torna al món!
Romp el cordó que injuria ta cintura!
Arrenca't, Adalaisa, els vels del front!—

I avança Arnau hermosament; pro es gira
airosa ella an el Sant Cristo nu,
i signant-lo an el comte, li diu: —Mira:
aquest encara és més hermós que tu!—

Canta una alosa de la part de fora,
per la finestra entra el sol brillant,
el cel és blau i resplendenta l'hora:
el comte i l'abadessa es van mirant.

IV

Totes les veus de la terra
criden contra el comte Arnau
perquè, volent a Adalaisa,
sens ella se n'ha tornat.

—Fill de la terra,—fill de la terra,
comte l'Arnau:

per una imatge
t'has deturat,
per un cadavre,
tu que en fas tants!»
—Com el Sant Cristo—no n'he fet cap.
—Què té el Sant Cristo? Què té el Sant Cristo,
comte l'Arnau?
És fusta morta:—no pot brotar.
—Ai, sí, que brota!—Ai, sí, que brota!
Valga'm Déu val!
Quina mirada—ella li ha dat!
—Quina mirada,—quina mirada,
comte l'Arnau,
quina mirada—deu haver estat!—.

Ell vol esclafir la rialla,
fa un gran crit i arrenca el plor.
Al rugit del plor que arrenca
clamorós el comte Arnau,
totes les veus de la terra
se dispersen udolant.

V

Nit!... Tota l'hermosura d'Adalaisa
jeu adormida als peus del Cristo nu.
Arnau segueix pacient un camí negre
per dins de les muntanyes silencioses.
Per damunt de la volta hi passa un riu
una estona... Després se perd i calla...
L'Arnau de sota terra surt al porxo.

Va cercant Adalaisa entre les celdes
i la veu que adormia sa hermosura
tota ajaguda als peus del Cristo nu,
sense vels, sense toca, sense manto,
sens gesto ni defensa... Allí, adormida.

Té una gran cabellera molt frondosa.

«Quins cabells més sedosos, Adalaisa!»,
pensa Arnau. Però calla i se la mira.

Ella dorm, ella dorm, i a poc a poc
se li amoroseix tota la cara
com reflectant el pas serè d'un somni,
fins que mig riu molt dolçament. Li vola
una estona el somrís entorn dels llavis.

«Quins llavis amorosos, Adalaisa!»,
pensa Arnau. Però calla i se la mira.

Un gran sospir travessa el dormir d'ella
com onada del mar, i s'aquieta.

«Quin pit sospirador tens, Adalaisa!»,
pensa Arnau. Però calla i se la mira.

Mes, quan ella obre els ulls, ell desencanta's,
la pren amb un braçat i se l'emporta.

Quant surten a camp ras se fa de dia.

VI

Totes les veus de la terra
aclamen el comte Arnau
perquè de la fosca prova
ha sortit tan triomfant:

—Fill de la terra,—fill de la terra,
comte l'Arnau,
ara demana,—ara demana:
què no podràs?

—Viure, viure, viure sempre:
no voldria morir mai;
ser com roure que s'arrela
i obre la copa en l'espai.

—Els roures viuen i viuen,
pro també compten els anys.

—Doncs, vull ser la roca immòbil
entre sols i temporals.

—La roca viu sense viure,
que res la penetra mai.

—Doncs, la mar somovedora
que a tot s'obre i dóna pas.

—La mar s'està tota sola,
i tu vas acompanyat.

—Doncs, ser l'aire quan l'inflama
la llum del sol immortal.

—Pro l'aire ni el sol no estimen
ni senten l'eternitat.

—Doncs: ser home sobrehome,
ser la terra palpitant.

—Seràs roure, seràs penya,
seràs mar esvalotat,
seràs aire que s'inflama,
seràs astre rutilant,
seràs home sobrehome,
perquè en tens la voluntat.
Correràs per monts i planes,
per la terra, que és tan gran,
muntat en cavall de flames
que no se't cansarà mai.
El teu pas farà basarda
com el pas del temporal.
Totes les veus de la terra
cridaran al teu voltant.
Te diran ànima en pena
com si fossis condemnat.—

VII

«Tota la nit l'he cridada
i encara no ha obert els ulls.
No els obris ara, Adalaisa,

que el migdia no és per tu.
El migdia no és per tu,
de cara al cel en mos braços.
Nit i dia i tot per mi,
que miro al dret dels meus passos!
Tu desclouràs les parpelles
quan el cel s'haurà enfosquit».

. . . .

Al punt de la mitja nit
Adalaisa obre els ulls a les estrelles.
—Arnau, que em puges al cel?
—El nostre cel és la terra.
—On anem, Arnau?—Pel món.
—Pro jo miraré al cel sempre.
—Jo el miraré en els teus ulls
cada nit quan te despertis.
—Jo amb mos ulls t'alçaré al cel.
—La carga del teu cos m'aferma a terra.
—Mos ulls faran lleu mon cos.
—Tota tu ets d'eterna dura.
—Els meus ulls són cel en flor.
—I el teu cos, fruita madura!

VIII

El comte Arnau no es lleva,
tampoc no se'n va al llit,
que corre i corre sempre,
i sempre amb més delit.

No segueix nord ni via,
que va d'ençà i enllà.
Arreu on passa, mira:
no es cansa de mirar.

No hi ha res que el deturi,
que corre com el vent:
si algun destorb l'afronta,
l'abat d'un cop, rient.

Per'xò va deixant rastre
de plors i de renecs;
pro els seus grans crits de «juli!»
ofeguen clams i precs.

IX

Aquella nit els ulls de l'Adalaisa
se van omplir d'una pietat tan gran
que el comte Arnau s'hi va encisar una estona,
oblidat dels seus passos. Aviat
va sentir no tocar de peus en terra.
Quin esglai! Va llançar un gran crit d'esglai.
Totes les veus de la terra—s'hi van arremolinar;
pro de seguida
l'infant pesà en el ventre d'Adalaisa
i els va tornar a la terra. I digué Arnau:
—Com s'ha espessit ta figura!
La boca et surt enfora àvida i dura:
demana per l'infant.
S'ha deformat ta cintura

i el teu esguard al cel és menys brillant.
Ja et lliguen a la terra prou forts llaços...
Doncs, en la terra et deixo... I, ara, adéu.
—Arnau, si jo era teva, no eres meu?

—Jo sóc sols dels meus braços i els meus passos—.

X

A punta de dematí,
les monges del monestir,
que dies ha l'havien soterrada,
varen trobar la morta fora el sot,
que tomava la rosada.

L'ESTIMADA DE DON JAUME

I

Don Jaume té una estimada
que ben jove el va emprendar.
L'estimada de Don Jaume,
una terra sobre el mar.
Només de sentir parlar-ne
ja en va quedar enamorat.
Diu als barons que l'ajudin,
que la vol anar a cercar.
Mentre els barons treuen comptes
Don Jaume va a mirar el mar.
De tant mirar-hi i mirar-hi
en surt un estol de naus,
en surt un estol de veles
que tot el mar n'era blanc.
Don Jaume somriu i hi entra;
l'estol mar endins se'n va.

II

A l'hora que el sol va a pondre's,
Mallorca veu l'aimador

que ve dret damunt la barca,
els ulls encesos d'amor.
L'illa es torna tota roja
i el cap del rei nimbat d'or.
Ell, quan posa el peu en terra,
ja se'n sent conquistador.
En terra posa la planta
i en el cel l'esguard piadós.
La terra la vol pel cel,
el rei Jaume d'Aragó.
Per'xò és alt de més alçada
que no tots els seus barons,
i per'xò els ulls li blavegen,
i per'xò té el cap tan ros.

III

Tota la nit ha vetllat,
i quan veu l'alba esclarida
alça l'espasa real
bo i cridant: *Santa Maria!*
Tots els cavallers s'aixequen,
mes els raca l'envestida.
—Vergonya, barons, vergonya!—,
clama el rei en santa ira;
i com fera celestial
entra al combat i els hi atia.
Fou llavors que els sarraïns,
amb ullada estamordida,
van veure a l'host catalana
com mai ningú més l'ha vista,

i el blanc cavaller Sant Jordi
lluitar en nostra companyia.

IV

«Mallorca, do'm menjar i beure,
que em seran dolços tos fruits.
Ara quc t'hc fet ben meva,
bé puc gaudir-me de tu.
Que n'és de bona la terra!
Com li escau el cel damunt!
Com més terra, més cel sobre;
com més cel, més quietud».
Així a soles se parlava
aquell vespre el rei august,
i entre els morts de la batalla
s'adormia amb son segur.

V

Sempre més hi ha pensat
en Mallorca cristiana:
ni els grans amors de València,
ni els de Múrcia, ni cap altre,
li han fet perdre la memòria
de la dolça illa daurada.
«Tinc un regne sobre el mar
com no el té cap rei d'Espanya»,
murmura sovint el rei,
mig rient i ple d'ufana.
I quan han passat molts anys

i és un vell de barba blanca,
encara li riu als ulls
la conquesta jovençana;
i quan, camí de Poblet,
dins de València finava,
va giràs de cara al mar
cercant l'amorosa platja,
i va morir mig rient
pensant que se n'hi anava.

LA FI D'EN SERRALLONGA

—Pare, absoleu-me: só cansat de viure.
—T'escomet a bona hora el cansament.
La teva via s'ha acabat i ets lliure
d'anar-te'n al repòs eternalment.
Mes, abans d'adormir-te i reposar-te,
cal que et recordis dels teus grans pecats:
tots aquells que jo puga perdonar-te,
també de Déu seran-te perdonats.
—El primer pecat meu és l'orgull, pare:
jo só aquell que he tingut un rei al cos;
mai he pogut sofrir que algú em manare:
fer la llei a tot déu era el meu goig.
Per'xò he tingut tant odi al rei d'Espanya
i li he fet la guerra jo tot sol.
Ell la terra ens ha omplert de gent estranya
i manar-nos-ho tot és lo que vol.
Doncs, jo li he dit: «No em plau!». I, via fora!
he anat pel món com m'ha vingut a plaer,
he fet lo que he volgut, lliure a tota hora,
i no he obeït llei, ni rei, ni res.
I, tant se val!, és una bella cosa
fer tremolar tothom i estar segur!

Cap respecte en ma via m'ha fet nosa,
mai he abaixat la testa per ningú...
—Mes, ara...
—Mes, ara que ja sé que compareixo
en presència del Déu omnipotent...
—Te'n penedeixes?
—Sí, me'n penedeixo.
—Doncs, sia't perdonat.
—Amén, amén...

—Quin altre pecat tens?
—La ira, pare.
Quan m'encenc no tinc fre ni aturador,
me giro contra el món, Déu i sa Mare,
i tot voldria dur-ho a destrucció.
Pare, he estat crudel: moltes vegades
m'he delitat vegent rajar la sang;
he vist alçar-se a mi mans ajuntades
i segar-se genolls caient al fang.
I jo me n'he rigut, perquè em plavia,
i, podent perdonar, no he perdonat...
És una cosa dolça i fa alegria
veure un enemic als peus ben manillat!
I fer mal! I fer mal! Allò era viure:
destruir sols per gust i per voler;
sentir plorar tothom i poder riure...
Ser com rei de dolor... És bell, a fe!
—Fill meu! Fill meu! Això és massa malesa;
això és un mal esprit que tens al cos:
encara en parles amb la vista encesa
en foc d'infern!...

—No, no!... Ja ve el repòs.
Doncs, ara que ja sé que compareixo
en presència de Déu omnipotent...
—Te'n penedeixes?
—Sí, me'n penedeixo.
—Doncs, sia't perdonat.
—Amén, amén...

—També he tingut enveja i mala bava
per corrompre la glòria dels demés:
allí on jo he conegut que no arribava,
no he volgut que cap altre hi arribés.
D'aquell que em feia ombra o bé respecte,
m'he gaudit fent-ne córrer males veus,
i, tot fingint-li acatament i afecte,
li anava segant l'herba sota els peus.
De lo que no he entès, n'he dit mentida,
dels fets més grans que els meus, n'he dit rampells,
he volgut sols un pes, sols una mida:
la meva; els que en passaven, pobres d'ells!
Rebaixar, rebaixar, fins que es confonga
tothom en un mesquí i humil estol,
i al damunt En Joan Sala i Serrallonga,
sent més que tots i governant tot sol.
—Mes, ara...
—Mes, ara, que ja sé que compareixo
en presència de Déu omnipotent...
—Te'n penedeixes?
—Sí, me'n penedeixo.
—Doncs, sia't perdonat.
—Amén, amén...

—He estat avar: mai he tingut de sobra,
sempre he anat per més al camí ral;
per molt que posseís, sentia'm pobre
i amb la por d'anar a raure a l'hospital.
Ai! La cobdícia no em deixava viure,
era roí pels altres i per mi:
per un parell de bous, per una lliura,
hauria fet deu hores de camí.
Veure'm diner apilat m'aconsolava;
mes fruir no podia'n altrament
que pensant a quants altres els mancava
allò que era per mi un bon passament.
«Això és ben meu —pensava—; això no falla:
els altres, si misèria o fam vingués,
que es pengin!». I, llavores, ni una malla
hauria dat a un pobre que passés.
—Mes, ara...
—Mes, ara, que ja sé que compareixo
en presència de Déu omnipotent...
—Te'n penedeixes?
—Sí, me'n penedeixo.
—Doncs, sia't perdonat.
—Amén, amén...

—La peresa, la gola i la luxúria
ben cert que foren mos pecats més xics;
pro algun cop m'ha plagut deixar la fúria
dels combats, lluny d'amics i d'enemics.
Me n'anava a fer cap a la masia
oblidada en el fons d'alguna vall,
i m'entaulava en bona companyia,

menyspreant tota lluita i tot treball.
Llavores jo me'n reia de la guerra
i dels meus que es batien, capsigranys!
i tant se me'n donava que la terra
la manessin els propis o els estranys.
Ben menjat, ben begut, plavia'm jeure
a bona ombra per fer la migdiada,
cantant cançons d'amor que fan distreure,
o escoltant els aucells en la brancada.
Si llavores passava alguna mossa
revinguda de cos, jo la cridava,
ella venia a mi, la deshonrava,
i encara se'n tenia per ditxosa.
—I goses riure?
—Era cosa bona...
—Mes no ho és pas a l'hora de la mort.
—Bon menjar, bon oblit i jeure amb dona:
mai havia trobat millor aconhort.
—Mes ara...
—Mes, ara, que ja sé que compareixo
en presència de Déu omnipotent...
—Te'n penedeixes?
—Sí, me'n penedeixo.
—Doncs, sia't perdonat.
—Amén, amén...

—I el tracte amb Na Joana, no és injúria
que clama també a Déu Nostre Senyor?
Acusa't!...
—Pare, no: no fou luxúria,
sinó una veritable estimació.

És cert que jo, en ses carns, moltes vegades
hi he enterrat tant de força i de voler!
Mes eren llaç d'amor ses abraçades
i coronat de seny son front serè.
La Joana m'ha estat reina i esclava;
molts cops ella pensava per tots dos;
quan jo estava adormit, ella vetllava;
ella m'ha fet valent i poderós.
M'ha ajudat amb l'esguard, amb la paraula;
si ha calgut, amb la força del seu braç;
cada migdia m'ha llescat pa a taula
i cada vespre m'ha alegrat el jaç.
En paga, jo li he estat amant sol·lícit...
D'això també me n'haig de penedir?
—Fou un amor desordenat i il·lícit!
—Doncs... tant se val!... me'n penedeixo, sí!
—Tens algun pecat més dins teu?
—No, pare.
—De tots els que m'has dit i els que has comès
contrit demanes perdó a Déu?
—Sí, pare.
—I et sap greu de tot cor d'haver-lo ofès?
—Sí.
—Doncs en nom de Déu omnipotent,
Pare, Fill i Esperit Sant, t'absolc, Amén.

. . . .

—Moriré resant el Credo;
mes digueu an el botxí
que no em mati fins i a tant
que m'hagi sentit a dir:
«Crec en la resurrecció de la carn».

INTERMEZZO

A LA MARE DE DÉU DE MONTSERRAT

Ben de la vora—volia veure-us,
oh! Verge negra—del blanc vestit!
Dalt de l'estrado—avui pujava
i us he guaitat de fit a fit
la dolça cara,—que m'ha deixat—tot enternit.

Més lluny vos miro—quan a la tarda
canten els monjos—i els escolans;
i eixint del temple—fins a la porta—me giro encara,
i encara us miro—més lluny que abans.
A casa vostra—m'aficiono
i us hi entro a veure—sempre que hi passo,
com els aimants.

Surto de cara—a les vostres penyes
i en cada una—veig un ensaig
de vostra imatge...—Sou graciosa—penya entre penyes:
reina us en faig.
Cerco entre elles—els camins vostres—i me n'hi vaig.

Els camins vostres—són plens de boira:
per els esquinços—guaita el cel blau...

Només hi trobo—boixos i mates
que humils floreixen—dintre la pau,
i aquelles volves,—que en diuen àngels,
i que s'hi assemblen—per el silenci—del vol suau.

Com me corprenen—els cingles vostres!
Com m'esvaeixen—vostres abims!
Les aus que hi volen—són aus xiquetes;
les fonts que hi neixen—són regalims;
entre la boira—són cims de glòria—els vostres cims.

Tot jo m'encanto,—no sé el que em passa,
les vostres penyes—m'han encisat...
. . . .
Potser us mirava—massa a la vora,
Mare de Déu de Montserrat.

LA CANÇÓ DE SANT RAMON

CANTADA PER UNA RUSSA

«La Mare de Déu—un roser plantava»,
la immòbil donzella—cantava encisada,
els ulls admirats—del propi miracle,
en llavis eslaus—la mel catalana.

«D'aquell sant roser—naixia una branca».
Cantava cançons—de la meva mare,
que quan jo era infant—ja me les cantava,
i ara que sóc gran—les canta l'eslava,

«Nasqué Sant Ramon, fill de Vilafranca».
Si sap lo que diu,—no sap lo que alcança,
i canta indecisa—la suau cançó estranya,
ullpresa del flam—que encén en els altres.

«Confessor de reis,—de reis i de papes».
La canta de prop—i sembla llunyana.
Llunyana la veig—i encara allunyar-se.
La veig que se'n va—per l'estepa blanca,
cantant Sant Ramon,—fill de Vilafranca.

«La Mare de Déu—un roser plantava».

Setembre 1895

EN LA MORT D'UN JOVE

Te'n vas anar amb aquell ponent dolcíssim...
Caigueres, lluitador, al marxar a la lluita.
Somreies a la força dels teus muscles
i glaties per guerres i corones,
i tot de cop t'has esllanguit per terra
amb els ulls admirats...

Ai, la Mort, i que n'ets d'embellidora!
Aquell teu primer vel, quan el llançares
damunt de l'hèroe en flor, tots somriguérem
sota els plors estroncats, que una serena
va començar a regnar en el pit i el rostre
del moribund. L'alè anava i venia
suaument emperesit, fins que esperàrem...
I no tornà... Llavores esclataven
més alts els plors al cel... Ell ja no hi era...
Pro a fora, al camp, era un ponent dolcíssim...

Octubre 1895

ELS REIS

Aquesta nit han passat
i han posat la mà als balcons...
Els somnis dels infantons
han granat.

Cap a Orient se'n van tornant
a llur reialme confús,
a regnar-hi tot pensant
en Jesús.

Heu sentit avui el cor
matinejador dels nens?
Heu sentit el rastre d'or,
mirra, encens?

SOL SOLET...

Quan jo era petit
vivia arraulit
en un carrer negre.
El mur hi era humit,
pro el sol hi era alegre.

Per'llà a Sant Josep
el bon sol solet
lliscava i lluïa
pel carreró estret.

I en mon cos neulit
llavors jo sentia
una esgarrifança
de goig i alegria.

DIMECRES DE CENDRA

A UNA NOIA

No et facis posar cendra,—no et facis posar cendra,
patró de joventut,
que no té res que veure—la mort, la cendra, amb tu.
No entelis amb mementos
ton front rosat i pur.

Tu no has pas d'haver esment—de la trista paraula
que diu el sacerdot
girant-se de la taula.

Que aquest color rosat—que duus al front i als llavis
no t'ha sigut donat—per cendrosos agravis,

que t'ha sigut donat,
verge de la sang tendra,
per uns altres esblaims—que no són pols ni cendra.

1896

LO DIVÍ EN EL DIJOUS SANT

En memòria d'un amic

Avui he sentit lo Diví
en el camp, en el vent i en les plantes,
i en la majestat—de les pedres santes
que s'alcen en temple—al mig del camí.

Avui he sentit—que dura la vida
més enllà del cos—i dels seus sentits:
he vist un vellet—amb cara entendrida
i alegres infants—de sobte entristits.

He vist uns guerrers—armats punta en blanc,
davant d'un anyell—rendir les espases,
he sentit les brases
de l'Amor Diví—en el Dijous Sant.

ENDREÇA

Senyor! Deu consol a qui plora
i torneu-li el plor al qui no pot plorar,
i doneu-li pau a l'ànima inquieta
perquè us sàpiga esperar.

1897

L'AUFÀBREGA

Aquesta mata olorosa
de la nit de Sant Joan
llença flaire, silenciosa,
entremig de la bravada
de la nit incendiada
per tants focs que es van alçant.

Entremig dels núvols roigs,
el cel blau i les estrelles;
entremig dels crits de goig,
remoreig de fontanelles,
i entre el baf esbojarrant,
una flaire es va escampant
fresca, suau i candorosa:
les aufàbregues la fan;
són les mates oloroses
de la nit de Sant Joan.

Donzelles enamorades
d'un nuvi esdevenidor,
escabellen les aufàbregues
perquè facin més olor.

L'aufàbrega escabellada
és un encenser violent
que, llençant la flaire enlaire,
augmenta l'encantament.

Quina olor més fresca i forta
ara que els focs ja se'n van!
Sant Joan, obriu la porta
perfumada del Llevant!

I en el matí d'aures blanes
l'aufàbrega trobarà
altres aromes germanes
que la nit fan oblidar.

1897

A MUNTANYA

M'agrada el balcó gran de la muralla
quan la gent de la vila hi va a badar,
i amb ull ja quasi incommovible aguaita
el pas de la llunyana tempestat.

Passa la tempestat esgarrifosa
per damunt de la serra allà al davant,
tremolant de llampecs, silenciosa
per la gent de la vila i la del pla.

Com hi deu ploure en les profundes gorges
i en els plans solitaris de les valls!
Prou l'huracà els assota aquells cims nusos
i peta l'aigua en aquells rocs tan grans;
s'astoren els ramats, el pastor crida,
i algun avet cau migpartit pel llamp!

Però en el balcó gran de la muralla
no se sent res: la gent hi va a badar,
i amb ull ja quasi incommovible aguaita
el pas de la llunyana tempestat.

Puigcerdà, 1897

DESPRÉS DE LA TEMPESTAT

Quan s'esqueixen els núvols sobre el cel
la ciutat surt rient de la tempesta,
regalant d'aigua lluminosa arreu,
remorejant de nou en sons de festa.

Recomença el remor en la ciutat
i en el rostre dels homes l'alegria:
els núvols sobre el cel s'han esqueixat,
la tenebrosa nit torna a ser dia.

Cadascú alça els ulls per si retroba
la gran blavor del cel, tan oblidada!
Beneita sies, tempestat passada,
perquè fas alçar els ulls a la llum nova!

1897

LA NIT DE LA PURÍSSIMA

Quin cel més blau aquesta nit!
Sembla que es vegi l'Infinit!
L'Infinit sense vels
més enllà de la lluna i dels estels.

La lluna i els estels brillen tan clar
en el blau infinit de la nit santa
que l'ànima s'encanta
enllà...

Aquesta nit és bé una nit divina.
La Puríssima, del cel
va baixant per 'queix blau que ella il·lumina,
deixant més resplendors en cada estel.

Per la nit de desembre ella davalla,
i l'aire s'atempera, i el món calla:
davalla silenciosa...
Ai, quina nit més blava i més hermosa!

1897

L'ÀNIMA DE LES FLORS

Aquelles dues flors que hi ha posades
al mig del caminal,
qui és que les hi deu haver llençades?
Qui sia, tant se val.

Aquelles dues flors no estan pas tristes,
no, no: riuen al sol.
M'han encantat així que les he vistes
posades a morir, mes sense dol.

«Morirem aviat, lluny de la planta,
—elles deuen pensar—;
mes ara nostre brill al poeta encanta,
i això mai morirà».

1898

LA DONA HERMOSA

La presència de la Dona hermosa
te fa humil i devot contemplatiu.
En la presència de la Dona hermosa
hi ha quelcom d'un repòs definitiu.

La partida de la Dona hermosa
te deixa il·luminat hermosament.
En la partida de la Dona hermosa
hi ha una estela de llum que es va perdent.

El record de la Dona hermosa
te fa trist i enyorat somniador.
En el record de la Dona hermosa
hi ha una forta i suau meditació.

L'oblit de la Dona hermosa
és mort, resurrecció i deslliurament.
En l'oblit de la Dona hermosa
hi ha l'etern recomençament.

1898

L'ESPOSA PARLA

—Quan te parlo i l'esguard se t'esgarria
i escoltes i em mig rius, però no em sents;
quan, fugint d'a prop meu, se'n va fent via
el teu esprit al bell atzar dels vents,

jo veig la nau del pensament que et porta
navegar al lluny de l'horitzó marí.
L'empenta de l'amor també és prou forta
per dur-me al teu costat fins an allí.

Navego al teu costat com encantada,
empesa per l'amor que se m'endú.
La via no conec ni l'encontrada:
sols sé que sóc l'esposa enamorada,
que avanço a vora teu i vaig amb tu.

EL POETA

—Mes tu ets la guiadora, tu la forta,
perquè en mig de la calma o la maror
saps que la nau del pensament que em porta
sempre retorna al port del teu amor.

1900

CANTS

LA SARDANA

Ceres

I

La sardana és la dansa més bella
de totes les danses que es fan i es desfan;
és la mòbil magnífica anella
que amb pausa i amb mida va lenta oscil·lant.
Ja es decanta a l'esquerra i vacil·la,
ja volta altra volta a la dreta dubtant,
i se'n torna i retorna intranquil·la,
com mal orientada l'agulla d'imant.
Fixa's un punt i es detura com ella...
Del contrapunt arrencant-se novella,
de nou va voltant.
La sardana és la dansa més bella
de totes les danses que es fan i es desfan.

II

Els fadrins, com guerrers que fan via,
ardits la puntegen; les verges no tant;
mes, devots d'una santa harmonia,
tots van els compassos i els passos comptant.
Sacerdots els diríeu d'un culte

que en mística dansa se'n vénen i van
emportats per el símbol oculte
de l'ampla rodona que els va agermanant.
Si el contrapunt el bell ritme li estrella,
para's, suspesa de tal meravella...
El ritme tornant,
la sardana és la dansa més bella
de totes les danses que es fan i es desfan.

III

El botó d'eixa roda, quin era
que amb tal simetria l'anava centrant?
Quina mà venjativa i severa
buidava la nina d'aquest ull gegant?
Potser un temps al bell mig s'hi apilaven
les garbes polsoses del blat rossejant,
i els suats segadors festejaven
la pròdiga Ceres saltant i ballant...
Del contrapunt la vagant cantarella
sembla estrafeta passada d'aucella
que canta volant:
la sardana és la dansa més bella
de totes les danses que es fan i es desfan.

IV

No és la dansa lasciva, la innoble,
els uns parells d'altres desaparellant:
és la dansa sencera d'un poble
que estima i avança donant-se les mans.

La garlanda suaument se deslliga;
desfent-se, s'eixampla, esvaint-se al voltant;
cada mà, tot deixant a l'amiga,
sembla prometre que ja hi tornaran.
Ja hi tornaran de parella en parella!
Tota ma pàtria cabrà en eixa anella,
                    i els pobles diran:
la sardana és la dansa més bella
de totes les danses que es fan i es desfan.

EL CANT DE LA SENYERA

Al damunt dels nostres cants
aixequem una senyera
que els farà més triomfants.

Au, companys, enarborem-la
en senyal de germandat!
Au, germans, al vent desfem-la
en senyal de llibertat.
Que voleï! Contemplem-la
en sa dolça majestat!

Oh bandera catalana!,
nostre cor t'és ben fidel:
volaràs com au galana
pel damunt del nostre anhel:
per mirar-te sobirana
alçarem els ulls al cel.

I et durem arreu enlaire,
et durem, i tu ens duràs:
voleiant al grat de l'aire,
el camí assenyalaràs.
Dóna veu al teu cantaire,
llum als ulls i força al braç.

CANT DELS JOVES

L'hora nostra és arribada:
tots ens hem desensonyat
amb el front il·luminat
per la llum d'una altra albada.

I esperem que surti el sol
per cantar-ne l'alegria:
quan veurem que s'alça el dia,
alçarem, cantant, el vol.

Com aucells ens alçarem,
movent l'aire amb la volada;
com a núvols creixerem,
amb remors de pedregada.

I en les serres avials
remourem la gran tempesta,
fins que el sol, veient-nos alts,
ens vesteixi amb llums de festa.

I per l'aire, llavors pur,
de la pàtria rabejada,
baixarem amb vol segur
a repòs de migdiada.

CANT DE MAIG, CANT D'ALEGRIA

Cantem l'entrada del temps clar
amb clara veu i rialles clares.
          Tornem-nos ben cantaires,
que ara és el temps—de fer ressonar
          alegrement els aires.

Passen núvols corrent i somrient,
regalant aigua i raigs de sol lluent
damunt les roses vermelles, ja totes badades.
Sobre els plans reverdits hi corre el vent
i es mouen els blats verds i les gentades
cridant coses alegres i furioses...
Costes avall degoten les neus foses.

Sadollem la mirada de verdor
enfonsant-la en el tou dels grans herbatges;
sadollem les orelles de remor
enamorant-les dels bells crits salvatges;
i sadollem el pit d'aire del cel
per cantar l'alegria de la terra,
          tant si en surt un místic bel
          com si en surt un crit de guerra.

Tornem'ns soldats lluents i ben armats,
o tornem's serafins d'ales de plata...
Correm alegrement a tots costats,
correm que el maig esclata.

Riem, riem entre les flors i el vent
l'emmajada alegria;
plantem arbres de maig desaforadament
davant la porta d'or de cada aimia.

Prompte els arbres de maig s'assecaran...
la llenya sols destorba:
la tirarem al foc de Sant Joan
i saltarem per sobre.

CANT DE NOVEMBRE

El vermell dels arbres,
encès per la posta—dels sols hivernals,
delita i penetra
lo mateix que aquells verds primaverals.
Germans, alcem els cors, que tot és bell,
el verd i el vermell!

Alcem els cors cantant la vida entera
amb els brots i amb les fulles que se'n van;
gosem el dia sens mirar endarrere,
sense pensar amb els dies que vindran.
Gosa el moment;
gosa el moment que et convida,
i correràs alegre a tot combat:
un dia de vida és vida;
gosa el moment que t'ha sigut donat.
No t'entristeixin, doncs, els funerals novembres,
ni planyis mort lo que ha tingut ple ser...
De plànyer és el donzell que ajeu sos membres
ans d'haver-los cansat en el plaer.

1895

ELS TRES CANTS DE LA GUERRA

ELS ADÉUS

Que senyals d'adéu han fet
mans esteses cap al mar,
vers els barcos que fugien
amb les cobertes massa carregades,
cap allà on les onades lluïen
retorcent-se i bramant assoleiades!

Quants adéus des d'aquell adéu primer,
quan Caí, havent fet la mort,
menjà al vespre un bocí a l'endiablada,
el bastó al puny, cenyida la cintura,
voltat de plors de nins, i la muller,
que li deia amb lament:
«No vagis pas cap a Ponent!».
Mes ell, la cara adusta i ja fatal,
girada envers la posta,
marxà no fent cabal
de les mans que es movien enlaire
en va, sense resposta.

1896

ODA A ESPANYA

Escolta, Espanya,—la veu d'un fill
que et parla en llengua—no castellana;
parlo en la llengua—que m'ha donat
la terra aspra:
en 'questa llengua—pocs t'han parlat;
en l'altra, massa.

T'han parlat massa—dels saguntins
i dels qui per la pàtria moren:
les teves glòries—i els teus records,
records i glòries—només de morts:
has viscut trista.

Jo vull parlar-te—molt altrament.
Per què vessar la sang inútil?
Dins de les venes—vida és la sang,
vida pels d'ara—i pels que vindran:
vessada, és morta.

Massa pensaves—en ton honor
i massa poc en el teu viure:
tràgica duies—a mort els fills,
te satisfeies—d'honres mortals,
i eren tes festes—els funerals,
oh trista Espanya!

Jo he vist els barcos—marxar replens
dels fills que duies—a que morissin:
somrients marxaven—cap a l'atzar;

i tu cantaves—vora del mar
com una folla.

On són els barcos?—On són els fills?
Pregunta-ho al Ponent i a l'ona brava:
tot ho perderes,—no tens ningú.
Espanya, Espanya,—retorna en tu,
arrenca el plor de mare!

Salva't, oh! salva't—de tant de mal;
que el plor et torni fecunda, alegre i viva;
pensa en la vida que tens entorn:
aixeca el front,
somriu als set colors que hi ha en els núvols.

On ets, Espanya?—No et veig enlloc.
No sents la meva veu atronadora?
No entens aquesta llengua—que et parla entre [perills?
Has desaprès d'entendre an els teus fills?
Adéu Espanya!

1898

CANT DEL RETORN

Tornem de batalles,—venim de la guerra,
i no portem armes, pendons ni clarins;
vençuts en la mar i vençuts en la terra,
som una desferra.
Duem per estela taurons i dofins.

Germans que en la platja plorant espereu,
ploreu, ploreu!

Pel mar se us avança—la host macilenta
que branda amb el brand de la nau que la duu.
Adéu, oh tu, Amèrica, terra furienta!
Som dèbils per tu.
Germans que en la platja plorant espereu,
ploreu, ploreu!

Venim tots de cara—al vent de la costa,
encara que ens mati per fred i per fort,
encara que restin en sense resposta
més d'un crit de mare quan entrem al port.
Germans que en la platja plorant espereu,
ploreu, ploreu!

De tants com ne manquen duem la memòria
de lo que sofriren,—de lo que hem sofert,
de la trista lluita sense fe ni glòria
d'un poble que es perd.
Germans que en la platja plorant espereu,
ploreu, ploreu!

Digueu-nos si encara la pàtria és prou forta
per oir les gestes—que li hem de contar;
digueu-nos, digueu-nos si és viva o si és morta
la llengua amb què l'haurem de fer plorar.

Si encara és ben viu el record d'altres gestes,
si encara les serres que ens han d'enfortir

s'aixequen serenes damunt les tempestes
i bramen llurs boscos al vent ponentí,
germans que en la platja plorant espereu,
no ploreu: rieu, canteu!

1899

PROPOSTES DE TREBALL
i
COMENTARIS DE TEXT

Propostes de treball

1. Busca en un recull de rondallística la història del mal caçador. Indica aquells aspectes que Maragall dóna per sabuts i no inclou en el seu poema. Indica també quina és l'actitud del caçador. És previsible o inesperada? Quina sol ser la intenció d'aquesta mena de llegendes? Et sembla que coincideix amb la intenció de l'autor?

2. Compara el poema de Maragall amb el «Joan Garí» de Jacint Verdaguer, recollit a *Llegenda de Montserrat*, i digues quines diferències més notables hi detectes: temàtiques, formals, etc. Què és allò que Maragall pot haver aprofitat de la versió de Verdaguer?

3. Busca la versió popular de la cançó del comte Arnau. (Pots trobar-la al *Romancer català* de Milà i Fontanals. Barcelona: Edicions 62, 1980. N'hi ha una transcripció musical a *El mito del «Comte Arnau»* de Josep Romeu Figueras. Madrid: Consejo Superior de Investigaciones Científicas, 1948, pàg. 248. També n'hi ha versions cantades, com la de Joan Manuel Serrat.) En va tenir prou Maragall per trobar-hi tota la informació que necessitava sobre el comte? Què va poder aprofitar? La llegenda del comte Arnau té elements de la del mal caçador. Maragall els aprofita?

4. Observa les característiques mètriques del poema «L'estimada de Don Jaume». En què difereixen de la resta de les «visions»? Busca, en una antologia de romanços catalans (per ex., el *Romancer català* de Milà i Fontanals. Barcelona: Edicions 62, 1980), poemes que tinguin aquestes carecterístiques mètriques, estructurals i argumentals. Busca el *Llibre dels feits* de Jaume I, l'episodi de la sortida de l'expedició cap a Mallorca. Es pot ser considerat una influència?

5. En la confessió de Serrallonga, el confessor va repassant els pecats del reu, seguint la classificació dels set «pecats capitals». Busca quins són aquests pecats i què en diu, de cadascun, Serrallonga. Fins a quin punt et sembla que està penedit?

6. Llegeix l'article de Joan Maragall «Monserrat» (11/VII/1905) (*Obres completes*. Vol II. Barcelona: Selecta, 1961, pàg. 685) i relaciona'l amb el poema «A la Mare de Déu de Montserrat».

7. Busca la cançó de sant Ramon en un cançoner (per ex., el *Romancer català* de Milà i Fontanals. Barcelona: Edicions 62, 1980) i observa quins versos són els que recull Maragall. Segons el poeta, fins a quin punt la noia que canta entén la lletra? Quina importància té per comprendre l'esperit de la cançó? (Pensa en cançons que sàpigues en altres llengües.)

8. La crítica ha relacionat «En la mort d'un jove» amb el «Cant de novembre», en què el segon seria la continuació del primer. En què pot basar-se? Un dels elements que se cita és la filosofia de Nietzsche. En quin sentit pot ser?

9. Junt amb «Els Reis», quins altres poemes fan referència a les il·lusions dels nens? Penses que són poemes dirigits a la infància o pensats perquè els adults hi reflexionin?

10. Busca detalls, en la biografia de Maragall, que donin suport al poema «Sol, solet...». En quins altres poemes es fa referència a cançons populars catalanes?

11. Busca informació sobre la cerimònia del Dimecres de Cendra i explica el significat de «posar cendra», «*memento*» i «la trista paraula». A quins «altres esblaims» es refereix l'últim vers?

12. Indica quines influències de la poesia popular es poden trobar a «L'aufàbrega». Relaciona el poema amb les creences lligades a la nit de Sant Joan. (Pots trobar informació en llibres sobre les festes populars a Catalunya.)

13. «Després de la tempestat» es pot llegir com la continuació d'«A muntanya», però amb l'escenari canviat. Contrasta l'actitud que, en el poema, tenen «els homes» de ciutat davant la tempestat amb la que pugui tenir un pagès o un pastor. Fixa't en l'últim vers: on hem vist temes semblants?

14. «La nit de la Puríssima»: a quina festivitat es refereix? Observa l'ordenació, dins d'aquesta segona part del llibre, dels poemes que al·ludeixen a festivitats religioses. Quin criteri se segueix?

15. «L'ànima de les flors». Un tema molt antic de la poesia és el de la flor, que té una bellesa impactant però breu. Se sol associar a aspectes de la vida de l'home com la joventut o el triomf. Però aquí, en canvi, són les flors les que parlen del poeta. Busca un tema possible per a aquest poema.

16. Quin sentit té la imatge de «la nau» a «L'esposa parla»? Compara el poema amb altres poemes, com «Les minves de gener» o «Excelsior» (pots trobar-los a les obres completes de Maragall). Hi ha alguna diferència en la utilització de les imatges?

17. «La sardana» imita, segons alguns estudiosos, el ritme d'aquesta dansa, amb l'alternança de punts curts i punts llargs, marcats pel flabiol que dóna el contrapunt. Sabries trobar, en la primera estrofa, aquests canvis de ritme?

18. Les diferents parts del poema «La sardana» es refereixen a diverses maneres de presentar-la, segons l'origen, les característiques, els protagonistes, etc. Indica quin és el tema principal de cada una de les parts i posa-hi un títol.

19. «El cant de la senyera» va ser escrit per encàrrec de l'Orfeó Català com a himne per a la seva bandera («senyera») però s'ha acabat convertint en una cançó d'exaltació nacionalista. Les dictadures de Primo de Rivera i de Franco la van prohibir, i això encara va ajudar més al seu èxit. Creus que el text obliga a fer-ne una lectura nacionalista? O ha estat només una confusió posterior?

20. La idea que la societat es fa dels joves canvia amb el pas del temps. Creus que els joves d'ara poden identificar-se amb «El cant dels joves»? Busca en el text expressions que donin suport al teu argument.

21. L'«Oda a Espanya» fa referència a la derrota espanyola a la guerra d'independència de Cuba. Però també hi ha referències a altres episodis de la història. Indica'ls. Busca en els llibres d'història quina va ser l'actitud dels espanyols abans, durant i després de la guerra. Es correspon a la del poeta?

22. Quin és el sentit de les dues darreres estrofes del «Cant del retorn»? A qui s'adreça? De quina pàtria parla? De quina llengua?

Proposta de comentaris de text

Comentari d'«A muntanya» (p. 79)

Argument

L'argument d'aquest poema és senzill: els habitants d'una vila miren des d'una muralla la tempestat que cau sobre una muntanya allunyada. El poema està firmat a Puigcerdà, lloc on Maragall estiuejava, i això ens dóna més pistes per a la lectura. Sabem que Puigcerdà està situada en una vall envoltada de muntanyes; des del balcó de la muralla es pot veure, per exemple, la impressionant serralada del Cadí («la serra allà al davant»). Podem imaginar, també, que aquesta «gent de la vila» probablement no són els qui hi treballen, que tenen altres coses a fer, sinó els qui tenen temps per «anar a badar», és a dir els estiuejants. Per tant, la tempesta és vista des dels ulls de gent forastera, possiblement provinent d'una gran ciutat com Barcelona, per als quals tot és exòtic; la tempesta per a ells és un espectacle, no un problema. No pensen en els conreus malmesos o les ovelles estimbades, sinó en la bellesa o l'esgarrifança que això els pugui donar.

Descripció

A la primera estrofa, el poeta se situa encara més enfora que aquests estiuejants. No tan sols mira la tempesta, sinó que també mira com la gent mira. I el que els caracteritza és la seva impassibilitat: són «incommovibles». No troben cap problema en una tempestat que, com veurem tot seguit, afecta la ramaderia i els conreus. Són aquests dos espectacles, el de la tempesta i el dels espectadors, els que interessen el poeta.

A la segona estrofa, el poeta situa la tempesta en un lloc precís («la serra allà al davant») i mostra l'aspecte «esgarrifós» i el «silenci» amb què és vista «per la gent de la vila i del pla», com a contrast amb la gent de la muntanya, «el pastor» que apareixerà tot seguit.

A la tercera estrofa, el poeta es desplaça al lloc de la tempesta sense moure's del balcó: no ho viu, s'ho imagina («com hi deu ploure»). Però el poeta no ignora els efectes d'una tempesta per a la gent del camp, la que hi viu i en viu; sap que pot malmetre els ramats (els «astora») i els boscos («algun avet migpartit»), allò, doncs, que els dóna de viure. Per a ells no és un espectacle, certament. Fixeu-vos com contrasta aquesta descripció des del lloc de la tempesta amb aquella visió del balcó gràcies als efectes de so, que poden ser explícits («peta», «crida») o implícits, pel so que duen associades les paraules («ploure», «assota», «ramats», «cau»).

La quarta estrofa és gairebé idèntica a la primera, però els canvis són importants. El primer «però» serveix per contrastar un cop més com ho viu el pastor i com ho viuen els estiuejants; fixeu-vos com s'insisteix en el silenci («no se sent res») i en la impassibilitat dels espectadors. No ha passat res i ha passat tot: són dos mons separats.

Estructura i llenguatge

El poema està format per quatre estrofes de versos decasíl·labs. La primera, la segona i la quarta estrofa estan compostes de quatre versos amb rima encadenada assonant; la tercera està composta de sis versos, també de rima assonant, però només en els versos parells. Maragall, doncs, no segueix estrictament la regularitat estròfica. En un poema, les estrofes estan pensades com a unitats temàtiques, de manera semblant als paràgrafs en la prosa. Però, a diferència de la prosa, els manuals de retòrica proposen una regularitat de versos entre les estrofes. Aquesta regularitat, i moltes de les propostes d'aquests manuals, havien estat seguides amb força fidelitat per la generació de poetes anterior a Maragall. En la poesia de Maragall, en canvi, la regularitat és vista com una limitació que potser ajuda el lector a situar el poema, però que el poeta pot saltar-se quan convé. Aquí, la tercera estrofa desenvolupa amb detall un tema: la tempesta a la muntanya, i el poeta veu convenient fer servir dos versos més que en les altres estrofes. Aquesta mena de llicències van ser vistes pels crítics de l'època com una mancança tècnica de Maragall. Després, la poesia avantguardista va arraconar els manuals i totes les seves recomanacions i aquests detalls van passar a semblar insignificants.

El llenguatge del poeta ha d'aconseguir ser alhora precís i evocador. Ha de servir, doncs, com ens serveix a nosaltres el llenguatge, és a dir, per comunicar-nos, i alhora ha de provocar en nosaltres unes emocions que en l'ús quotidià no pot aconseguir. Els poetes catalans anteriors a Maragall, els de la generació romàntica, buscaren aquest resultat forçant més o menys el llenguatge, és a dir, allunyant-se del llenguatge comú i usant paraules que els semblaven més evocadores que les usuals. Amb això sacrificaven el primer efecte (la comunicació) i pretenien reforçar el segon. El resultat, amb excepcions com la de Verdaguer, no va ser gaire brillant. El lèxic arcaïtzant («l'aimia», «el veire») i les construccions forçades impedien la comunicació; les metàfores gastades i els símbols tradicionals quedaven passats de moda i l'efecte emotiu quedava malmès.

Maragall i els poetes modernistes es van adonar d'això i van fer un esforç per renovar el llenguatge i potenciar els efectes expressius. Alguns d'ells, com és el cas de Maragall, van allunyar-se dels arcaismes (tot i seguir escrivint «aimia») i van procurar usar el llenguatge més quotidià; de vegades, però, això els traïa, perquè aquest llenguatge sovint era imprecís. Per exemple, l'escolarització ens ha ensenyat que el plural de *nu* és *nus*, i que usar *nusos* com a adjectiu és incorrecte, tot i ser usual. Quan Maragall parla de «cims nusos» tenim la sensació que el seu llenguatge és una mica deixat. Aquest és un tret que sempre se li ha criticat a Maragall.

A canvi d'això, Maragall té una gran capacitat d'aconseguir efectes d'evocació combinant unes poques paraules. Hem observat els contrastos de silenci i so, o l'evocació del soroll a partir de paraules que el denoten i paraules que només el connoten. Observem per exemple el decasíl·lab «tremolant de llampecs, silenciosa». Fixeu-vos primer de tot en el canvi de ritme; el ritme normal del decasíl·lab té dos accents: un a la quarta síl·laba i un a la desena, l'anomenat 4 + 6 («Com hi deu ploure, en les profundes gorges», «no se sent res: la gent hi va a badar»); aquí en canvi és de 6 + 4. Aquest canvi de ritme ens alerta. Fixeu-vos ara en l'efecte que fa la llum intermitent dels llampecs: com els llums estroboscòpics (els usats a les discoteques), produeix un tremolor que nosaltres solem associar amb el soroll, però que aquí és silenciós. No és fàcil dir tant usant només tres paraules.

Tema

Una primera lectura ens permet veure com el poeta tracta un tema que, d'altra banda, li interessa al llarg de tota la seva obra: el contrast entre el camp i la ciutat. Maragall és barceloní i no s'aparta mai de la seva ciutat si no és per estiuejar i fer excursions. No és el primer poeta nascut a Barcelona, però és un dels primers a assumir la seva condició de membre d'una societat urbana, que s'interessa pel món rural però sabent que no hi pertany. Maragall també sap que aquests dos mons configuren aquest país que està adquirint consciència de nació, el que està analitzant en aquest llibre. Però veu que, malgrat que els poetes parlin de flors i de papallones, en el fons molts ignoren com és el camp. La ciutat i el camp sovint s'ignoren mútuament: es miren «amb ull ja quasi incommovible».

Un segon tema és el paper del poeta en el món on viu. El que li agrada no és la tempesta, sinó «el balcó» ple d'estiuejants, als quals sí que agrada la tempesta. El poeta es presenta a si mateix com aquell que, des de dintre, com a estiuejant, però alhora des de fora, com a poeta, observa el món i intenta entendre'l, amb totes les seves contradiccions: el turista impassible (potser irresponsable) i el pastor esverat, i per sobre d'ells, una natura indeferent.

Un tema secundari és el de la mirada, «l'ull», que reprendrà en el poema següent, en l'expressió «alçar els ulls», però que de fet és present en tota la seva obra.

Comentari d'«El Comte Arnau», part IV (p. 45)

Argument

A les primeres estrofes del poema de Maragall, el comte Arnau, sortint d'una festa, es dirigeix al convent de Sant Joan per seduir Adalaisa, l'abadessa (part I); ella l'espera a la seva cambra (part II); ell intenta seduir-la però Adalaisa s'hi resisteix (part III); aleshores «les veus de la terra» retreuen al comte el seu fracàs, mentre ell intenta justificar-lo (part IV). Després, Arnau rapta l'abadessa, que acaba cedint. Quan ella queda embarassada, ell l'abandona. Amb la mort d'Adalaisa acaba el poema.

Descripció

Per entendre l'acció i els personatges, hem de tenir present l'estructura d'una òpera, amb uns personatges que dialoguen i un cor que comenta les escenes i que dialoga també amb els personatges. Aquí, el cor són «les veus de la terra»; segons la concepció romàntica, la «terra», és a dir el país, parla a través de la veu del poble. Les cançons populars, les llegendes, les tradicions, són manifestacions d'aquesta veu. Però en el poema aquestes «veus de la terra» no actuen com les institucions (l'Església, la cultura oficial, etc.) esperen que actuï.

A la primera estrofa les veus «criden contra el comte», no perquè hagi envaït un convent, deixant la capella «tota profanada», ni perquè hagi volgut seduir una religiosa consagrada al celibat i a la vida monacal. Li criden perquè ha fracassat.

A la segona estrofa, el comte intenta explicar el seu fracàs: s'ha espantat a causa del «Sant Cristo» que, a la penúltima estrofa de la part III, l'abadessa ha oposat al comte dient-li «aquest encara és més hermós que tu!». En el diàleg, les veus presenten la Creu com la veuria algú que no conegués la tradició cristiana: no és més que «una imatge», «un cadavre», «fusta morta». Contra aquests arguments, Arnau en dóna d'altres, que justifiquen la força de la imatge de la creu: ell que coneix la mort de prop sap que no és un cadàver qualsevol; d'altra banda, la fusta no és morta perquè «brota». I brota gràcies a la mirada que li ha donat Adalaisa.

Al final, Arnau pretén demostrar amb el riure que ha superat aquesta humiliació, però no se'n surt; davant la prostració del seu heroi, les veus de la terra, en una imatge molt operística (ara diríem molt cinematogràfica), «se dispersen udolant».

Estructura i llenguatge

Tot el poema té una gran varietat mètrica (polimetria), fora de totes les recomanacions de la retòrica tradicional. Com hem dit, Maragall probablement té presents els textos dramàtics pensats per musicar-los (els «llibrets» de les òperes), i de fet diversos músics l'hi van proposar. En els llibrets, la polimetria és necessària per adaptar-se a la música, i en aquest fragment en veiem un exemple. Primer tenim una estrofa de quatre versos heptasíl·labs amb rima assonant als parells, i després una varietat de versos de quatre, set i nou síl·labes que no rimen sempre.

En el fragment, i al llarg del poema, Maragall té present que el lector coneix la cançó inicial que origina la llegenda. Aquesta cançó (pensada també per ser ballada) és un diàleg entre el comte i la seva dona; consta de grups de dos versos i alternen la pregunta del comte i la resposta de la dona. Cada vers està dividit en dues parts (hemistiquis); els segons hemistiquis són iguals a tot el poema, mentre que els primers varien a cada parell de versos. Així, els primers quatre versos diuen:

—Tota sola feu la vetlla —muller lleial,
tota sola feu la vetlla —viudeta igual?
—No la faig jo tota sola —comte l'Arnau,
No la faig jo tota sola —valga'm Déu, val.

Fixeu-vos com, en el fragment que comentem, Maragall inclou alguns d'aquests procediments. Per exemple, la idea del diàleg entre les veus de la terra i el comte; la repetició d'un mateix hemistiqui, però no en dos versos separats, sinó en el mateix vers («Què té el Sant Cristo, què té el Sant Cristo»), o bé l'ús d'hemistiquis provinents de la cançó («Valga'm Déu, val», «comte l'Arnau»). Amb això aconsegueix incorporar el «to» folklòric en el poema, sense perdre però la seva aportació original.

Com hem observat en el comentari anterior, la llibertat mètrica de Maragall, la manca de rima i l'ús d'expressions i lèxic que ara considerem no normatius («cadavre») ja van ser valorats en el moment de la seva publicació com a limitacions tècniques del poeta. Actualment, la nostra lectura no té en compte les instruccions que donava la retòrica.

Tema

En aquest fragment apareixen alguns temes que interessen molt a Maragall. Un és el poder dels símbols: per què una creu pot impressionar si no és més que un tros de fusta? Això es pot estendre a la paraula poètica: com aconsegueix el poema el seu to evocador usant només paraules quotidianes. Un altre tema, fonamental en l'autor, és el poder de la mirada, i la mirada com a font de vida. L'hem vist apuntat en el poema «A muntanya», però aquí és més important: el símbol funciona perquè té vida (la fusta «brota»), i la té no per ell mateix, sinó perquè ens el mirem d'una determinada manera («quina mirada deu haver estat»). Un tercer tema, que aquí només queda apuntat, però que és molt important en el poema, és el de la derrota de la maldat per la innocència, i el de la vida contra la mort: tot el poder del comte Arnau queda doblegat per les conviccions d'Adalaisa. Tinguem en compte, però, que el poema no s'acaba aquí; finalment Adalaisa és seduïda, perquè Arnau descobreix (part V) altres arguments: precisament, la importància de la sensualitat i de la vida.

Temes de debat i activitats recomanades

a) Visita a l'Arxiu Maragall (c. Alfons XII, 79. Barcelona 08006. Tel. 93 241 30 04)

b) Excursions als llocs esmentats per Maragall (Puigcerdà, els escenaris del comte Arnau…)

c) Discutir els criteris de l'edició actual a partir de la primera edició tal com està reproduïda a la pàgina web de www.cervantesvirtual.com

d) Discutir els criteris morals pels quals condemnem o salvem els personatges de les «Visions»

Textos complementaris

Joan Maragall. «Elogi de la poesia» (1909), dins Lluís Quintana Trias. *La veu misteriosa. La teoria literària de Joan Maragall.* Barcelona: Publicacions de l'Abadia de Montserrat, 1996, pàg. 469.

«Així mateix les paraules en el vers. Parlem-les, doncs, tal com elles vinguen; i venint amb els metres tradicionals, admetem-les-hi, ja que una tal aparició és una senyal que sols una vana supèrbia podria menysprear. Deixem-les que passin i repassin amb el va-i-vé de la inspiració, per dintre del metre en què se'ns presenten, de modo que resti dintre d'aquell motllo tot lo que pugui restar-hi sense detriment de vida... però res més. Perquè si la paraula forta trenca el motllo, val més qu'ella trenqui el motllo que nosaltres les paraules: així és com justament els motllos se van renovant amb el temps».

Joan Pérez Jorba. «Visions & Cants». *Pèl & Ploma*. I. Núm. 10 (15/X/1900), pàgs. 8-11.

«¿No vemos diariamente en Barcelona un espectáculo de envidia y de difamación, que se sucede en ateneos y cafés? Todo el mundo cree tener un *rei al cos*. Y los amigos se despellejan sin piedad unos a otros. La intimidad verdadera y la franqueza sincera no existen entre ellos: para lo más recóndito de su espíritu se interpone siempre una valla infranqueable. La falsedad y la adulación florecen desvergonzadamente en los labios; y el artista leal, ante tanta miseria, siente anhelos de soledad y aislamiento. Seamos reconocidos a Maragall por haber puesto, en términos tan generales, el dedo en esta llaga social».

Joan Lluís Marfany. «Pròleg» a Joan Maragall. *El comte Arnau*. Barcelona: Edicions 62, 1974, pàg. 10.

«La primera part del *Comte Arnau* és una de les més representatives de la primera etapa modernista. El mite arnaldià, per la seva dimensió nacionalista, reflecteix un històric punt dolç d'equilibri entre els interessos d'una burgesia catalana que se sentia temptada per l'assaig d'uns nous camins polítics, i els d'una nova *intelligentsia* que maldava per transformar radicalment una cultura i, sobretot, la idea i la funció col·lectives d'aquesta mateixa cultura».

Glòria Casals. «Comentaris» a Joan Maragall. *Poesia. Edició crítica*. Barcelona: La Magrana, 1998, p. 219-220.

«Maragall s'adonà molt aviat del paper que les entitats culturals (musicals, literàries, plàstiques, excursionistes, científiques, etc.) podien tenir en la difusió del catalanisme, i s'adonà també del valor simbòlic i reivindicatiu que es podia atorgar a diferents elements com muntanyes, flors i arbres, banderes, danses i cançons. [...] El «cant», forma que ja en els seus orígens musicals arrossega una càrrega de col·lectivitat, serveix a Maragall per explicar i, probablement, explicar-se el catalanisme incipient: la veu poètica del cant acostuma a ser la primera del plural i el lèxic és majoritàriament combatiu i exhortatori».

Ramon Pla. *La poètica de Joan Maragall*. Barcelona: Ed. Claret, 1988, pàg. 20.

«Maragall no cerca trobar en la poesia idees o sentiments personals, o mètrica, o ornamentació, sinó l'essència —és a dir, el pol oposat a l'anècdota— de la vida. I aquesta és una aportació [...] que desborda àmpliament la clàssica atribució a la literatura d'una utilitat (mimètica i moral) i d'un plaer sensorial estimulat per l'ornamentació de la forma».

Eugenio Trías. *El pensament de Joan Maragall*. Barcelona: Edicions 62, 1982, pàg. 76.

«Per a Maragall, cada individu, singularització de l'ànima del món, posseeix la seva pròpia especificitat, no pot ser objecte de permuta ni ser substituït per no res, no "s'assembla" a res [...]. Aquest caràcter singular de cada cosa, home, mirada, paisatge, planta (les dues flors tallades al mig del camí, la noia que canta la *cançó* del Comte Arnau) és capaç de donar suport a la redempció de totes les coses: en totes i cadascuna d'elles, hi ha un anhel inconfusible, plenament singularitzat, d'eternitat».

Glossari

Aquest glossari conté definicions de paraules que no figuren als diccionaris de llengua estàndard o que, tot i figurar-hi, estan usades en els poemes de forma poc corrent. S'inclouen castellanismes («estela», etc.), creacions pròpies maragallianes («emmajades», etc.) o expressions que provenen d'un context cultural potser poc conegut. Els verbs s'indiquen per la forma d'infinitiu.

El mal caçador

v. 9 «Corpus»: la festa de Corpus Christi se celebra durant la primavera per exalçar l'eucaristia
v. 14 «alçar Déu»: durant la missa, és el moment de l'elevació de l'hòstia i el calze per tal que els fidels vegin l'eucaristia
v. 59 «junt»: juntura que sosté la volta.

Joan Garí

v. 1 «muntanya miracle»: Montserrat
v. 23 «abim»: abisme
v. 30 «pastora»: variant del temps de present del verb *pasturar.*

El comte Arnau

v. 27 «alosa»: en la tradició occidental, l'alosa és l'ocell del matí, que acompanya el comiat dels amants furtius
v. 68 «immaternals»: incapacitades per a la maternitat (a causa del vot de castedat)
v. 116 «celdes»: cel·les; apartament dins d'un convent.

L'estimada de Don Jaume

v. 2 «emprendar»: (adaptació del castellanisme *prendarse*) enamorar-se fortament
v. 38 «racar»: recar, saber greu.

La fi d'en Serrallonga

v. 33 «crudel»: cruel
v. 37, 105 «plavir»: plaure
v. 116 «aconhort»: conhort, consol.

A la Mare de Déu de Montserrat

v. 5 «enternir»: entendrir.

La cançó de Sant Ramon

v. 10 «alcançar»: abastar.

Dimecres de Cendra

v. 4 «*memento*»: «recorda» en llatí, és la primera paraula de l'oració que es pronuncia el Dimecres de Cendra, on es recorda als homes que són pols i es convertiran en pols
v. 10 «agravi»: ofensa.

L'aufàbrega

Títol «aufàbrega»: alfàbrega.

A muntanya

v. 11 «nusos»: nus, despullats.

Després de la tempestat

v. 11 «beneita»: beneïda.

La dona hermosa

v. 8 «estela»: rastre de llum

La sardana

v. 15 «ardits»: valents, atrevits
v. 35 «aucella»: ocell.

Cant de maig, cant d'alegria

v. 26 «emmajada»: característica del mes de maig.

Cant de novembre

v. 9 «gosar»: gaudir.

Cant del retorn

v. 9 «brand»: espasa.

Bibliografia

Edicions amb estudis incorporats

Maragall, J. (1998), *Poesia.* Edició crítica a cura de Glòria Casals, Barcelona, La Magrana.

Maragall, J. (2003), *Visions & Cants,* Edició a cura d'Ignasi Moreta, Barcelona, Hermes.

Estudis

Marfany, J. L. (1984), «Pròleg», dins Maragall, J. *Visions i Cants*, Barcelona, Laia: 7-25.

Pla i Arxé, R. (1998), *La poètica de Joan Maragall*, Barcelona, Claret.

Quintana Trias, L. (1996), *La veu misteriosa, La teoria literària de Joan Maragall*, Barcelona, Publicacions de l'Abadia de Montserrat.

Terry, A. (2000), *La poesia de Joan Maragall*, Barcelona, Quaderns Crema.

Recursos en xarxa

http://www.uoc.edu/lletra/noms/jmaragall/
Biografia, bibliografia i enllaços

http://www.geocities.com/casesmuseu/Maragall.htm
Arxiu Joan Maragall

http://www.cervantesvirtual.com/servlet/SirveObras/05810620811358739754480/index.htm
Reproducció de la primera edició de *Visions & Cants*
http://proxy.intercom.es/folch/poesia/maragall.htm
Selecció de poemes de Maragall i altres autors